U0959710

杜子春的失败

Yasumi Kobayashi　杜子春の失敗

[日本] 小林泰三——著

丁丁虫——译

译林出版社

图书在版编目（CIP）数据

杜子春的失败 ／（日）小林泰三著；丁丁虫译．—
南京：译林出版社，2023.10
（译林幻系列）
ISBN 978-7-5447-9857-0

Ⅰ.①杜… Ⅱ.①小… ②丁… Ⅲ.①幻想小说－小说集－日本－现代 Ⅳ.①I313.45

中国国家版本馆 CIP 数据核字（2023）第 150069 号

Toshisyunn No Shippai
Copyright © Yasumi Kobayashi 2020
Original Japanese edition published by Kobunsha Co., Ltd.
Publishing rights for Simplified Chinese character arranged with Kobunsha Co., Ltd. through KODANSHA BEIJING CULTURE LTD. Beijing, China, and Japan UNI Agency, Inc., Tokyo.
Simplified Chinese edition copyright © 2023 by Yilin Press, Ltd.
All rights reserved.

著作权合同登记号　图字：10-2021-224 号

杜子春的失败 ［日本］ 小林泰三 ／ 著　丁丁虫 ／ 译

责任编辑　竺文治
特约编辑　张紫毫
封面插画　HY何
装帧设计　@broussaille私制
校　　对　王　敏
责任印制　闻媛媛

原文出版　光文社，2020
出版发行　译林出版社
地　　址　南京市湖南路 1 号 A 楼
邮　　箱　yilin@yilin.com
网　　址　www.yilin.com
市场热线　025-86633278
排　　版　南京展望文化发展有限公司
印　　刷　南京新世纪联盟印务有限公司
开　　本　850 毫米 ×1168 毫米　1/32
印　　张　8.875
插　　页　4
版　　次　2023 年 10 月第 1 版
印　　次　2023 年 10 月第 1 次印刷
书　　号　ISBN 978-7-5447-9857-0
定　　价　56.00 元

版权所有 · 侵权必究

译林版图书若有印装错误可向出版社调换。质量热线：025-83658316

目录

杜子春的失败

芥川龙之介《杜子春》梗概

唐代都城洛阳有个名叫杜子春的年轻人。他本是富家子弟，却耗尽了家产，流离失所之际，一位老人出现了，赠予他大量黄金。杜子春一夜暴富，尽情享乐，三年时间便将黄金挥霍殆尽。老人再度出现，再次赠予他黄金。可他重蹈覆辙，再度失去一切。老人第三次出现时，杜子春拒绝了黄金，但他看出老人是个仙人，于是请求老人传授自己仙术。

仙人叫作铁冠子，他将杜子春带至自己居住的峨眉山，并嘱咐他："山上会有各种妖魔试图诓骗你，因此无论发生什么，绝不能出声。"仙人随后翩然而去。独自面对无数可怕鬼怪的杜子春，在一次次袭扰中失去了生命，坠入地狱……

杜子春明白，鬼卒们根本不会手下留情。他们把灼热的、半熔化的铁棍毫无预兆地插进杜子春的嘴里。

铁棍虽然是半熔化状态，但还是比杜子春的嘴粗得多。嘴唇、牙齿、舌头里的水分迅速蒸发，瞬间被烧成了褐色的一块。

鬼卒们不满足于蹂躏杜子春的嘴，他们把铁棍更加用力地插向杜子春的喉咙深处。

食道和气管立刻烧焦，咽喉上的皮肤纷纷剥落。

杜子春想要尖叫，但是声带已经被烧毁了，发不出声音。

熔化的铁水滴落到他的身体里，内脏在接触到铁水的瞬间化为灰烬。

杜子春的眼里溢出了泪水，但泪水立刻就被高温烤干了。

杀了我吧!

杜子春一心求死。但是，这里是地狱，他已经死了。即使恳求鬼卒们杀了他，也毫无意义。能被杀掉的话，通红的铁棍插进来的时候，他应该就已经死了。

熔化的铁水将内脏吞噬殆尽后，烧穿杜子春的身体，从他的胯下流了出来。

杜子春的身体无法保持形状，一下子散了，在地狱鲜红糜烂的地面上摊成黏糊糊的一片。

一阵冷风吹来。

杜子春的身体开始急速再生。但是，他的疼痛并没有减弱。相反，随着神经的再生，难以忍受的疼痛在全身游走。内脏、神经、肌肉胡乱生长着，从下腹慢慢向上蔓延，最终抵达咽喉。

他听到一阵刺耳的声音，宛如雄鸡临死前的惨叫。

谁快来让这个烦人的声音停止。我已经够痛苦了，别再增加这样的折磨了。

但是，杜子春渐渐意识到，这声音是从自己的喉咙里发出来的。

啊？是我发出的声音吗？

一想到这里，他便发现自己回到了峨眉山的山顶上。

血池、剑山、焦热、极寒、鬼卒、阎王，都消失了。他正坐在人间冰冷平坦的岩石上。

“为了这点小事就发出声音，我对你很失望。”耳边传来仙人铁冠子的声音。他站在杜子春身旁，好像自始至终都在那里似的。

“我受尽了地狱的折磨，”杜子春说，“怎么可能不出声呢？”

“我不想听借口。我给了你成仙的机会，而你没有把握住它。仅此而已。”铁冠子转身背向杜子春。

“请等一等。”杜子春趴在地上，抱住铁冠子的腿。

“如果你坚持不出声，仙药就完成了，你也能成仙。但是现在仙药失败了，放弃吧。”铁冠子甩开杜子春。

杜子春在石头上打了个滚。

“求求你，再让我试一次！”他仍不肯罢休。

但是铁冠子的身体就像气体一样擦过杜子春的指尖。

“铁冠子！”杜子春大叫。

没有人回答，只有狂风包裹着他。

杜子春绝望了。

他明白自己失去了一切，眼前一黑，昏了过去。

醒过来的时候，杜子春发现自己漂浮在一片黑暗里。不对，他不确定自己醒没醒，可能还在噩梦中。也许不光坠入地狱是梦，遇到铁冠子、得到黄金，这一切都是梦。

或者，只有地狱是真的。自己正沉在血池里，做着这场黑暗的梦。如果这里是地狱，那还是不要醒来为好。对地狱中的梦来说，这场梦安稳极了。

或许这并不是真正的黑暗和寂静，而是因为自己失去了眼睛和耳朵。可能不光是眼睛和耳朵，自己失去了一切感官，所以才会在这不冷不热、不上不下、无味无臭的世界里漂浮。

杜子春摸索自己的脸。

有脸，而且能够触摸，说明手也还在。他继续摸索全身，肉体似乎还是以前的样子。不过周身缠绕着浓重的黑暗，他辨别不出自己穿没穿衣服。

漂浮了半晌，杜子春陷入了不安。几个时辰还能忍受，但如果这种状态持续好几天该怎么办？如果不止几天，而是这样孤独地度过几年、几百年怎么办？

他感到呼吸困难。

难不成这是个很小的地方？因为什么都看不见，什么都听不到，所以无从了解这里的大小。这里既可能和自己的身体差不多大，也可能像大海天空一般广阔。

杜子春努力想象周围是一片辽阔的空间，不然他无法维持正常的思考。

如果这是地狱的折磨，那它会持续多久？

他突然想起小时候听僧人说过：

“地狱中最短的刑期是一万六千六百五十三亿一千二百五十万年。”

那时候杜子春对僧人说的话不屑一顾，认为僧人是在欺骗没有主见的人，威逼他们行善。

但现在，僧人的话让杜子春产生了强烈的呕吐感。但他不知道自己有没有呕吐，因为什么都看不到，什么都听不到，什么都闻不到。

这种黑暗只要持续几天，就能把他逼疯。难道要忍受一万亿年以上的疯癫吗？

或许早点发疯反而轻松些。但地狱里可没有“轻松”这个词。

不对，现在断言这里是地狱，未免为时过早。说不定是别的地方呢？没错，这一定是铁冠子的恶作剧。

杜子春大喊铁冠子的名字。虽然听不见，但他感觉自己发出了声音，似乎是周围的黑暗将声音吸收了。

杜子春用尽腹部的力量放声尖叫。接着，他听到了极其微弱的声音，仿佛是隔着几十栋房子传过来的蚊子叫。

他又试着大叫了一次。

确实有声音。也就是说，这片黑暗和寂静并非无懈可击。哪怕是这么微弱的声音，只要抓住它，自己就不至于发疯了吧。

接下来得找找光。杜子春把身体转了起来。当然，在分不出上下的状态中，他没法知道自己是不是真的在转。总之，他想要看看四周。

到处都是一片黑暗。

也许这里真的到处都没有光。或者自己确实失去了视觉。

正要放弃的时候，他感觉视野边缘似乎有白色的物体闪过。

刚才那是什么？

他盯着那个方向，但什么都看不见。

这时，杜子春意识到自己的身体未必是固定的。他不知道自己在以多快的速度旋转，而且也未必是在原地旋转，可能一直在移动。

杜子春朝各个方向探索。

一瞬间，模糊的白色物体再次从他的视野边缘滑过。

杜子春的视线追着物体移动的方向，但已经看不到了。

他没有放弃，继续寻找，又看到了。这一次，他的眼睛跟上了好几秒。

如此反复数次，白色物体停留在视野里的时间越来越长了。

不知过了多久，可能是几小时，也可能是好几天、好几个月，杜子春已经可以把那白色物体一直留在视野里了。

杜子春无法准确判断自己与白色物体的距离，但伸手过去抓不到，看来比手臂的长度远很多。那东西的大小和指甲盖差不多，形状模糊，但凝神细看，有几分像人。

杜子春想，如果那是人，对方可能和自己处境相同。万一对方比自己处境好，说不定还可以帮助自己。

于是他决定把那个白色物体当成人。

喂——

杜子春竭尽全力朝那边大喊。在他听来，自己的声音很轻，但至少不是完全听不到。

杜子春挥挥手。因为他觉得，既然自己能看到对方，对方大概也能看到自己。

“这是给你的。”晓美递给智香一个纸袋，里面是刚买的衬衫。

她们坐在市中心咖啡馆靠窗的地方，窗外经过的行人衣着时尚，身材苗条。

智香的身材也很好，一点都不像中学生。

“哎？什么？”智香马上打开袋子，拿出衬衫，“太棒了！真的是给我的吗？很贵吧？”

一般中学生的零花钱当然买不起，不过对于晓美来说，虽然不算便宜，但也不算太贵。

“没关系。我以为是我的尺码就买了，但是穿上发现太小了，你应该刚好合适。”

这当然是谎话。晓美和智香的体形几乎一样，晓美还更瘦一点。如果晓美穿上太小，对智香来说只会更小。

这样的谎话，智香早就看穿了。而晓美也知道智香看穿了自己的谎话。

两人彼此心知肚明。

晓美无偿送给过智香各种东西，衣服、饰品、小物件，甚至新款移动设备。

而作为回报，智香给予晓美朋友的待遇。

晓美不知道怎么交朋友和留住朋友，所以只能通过送东西来建立和维持朋友关系，她想用这种方法来培养友情。

智香把衬衫放在身前比给晓美看。“怎么样，合适吗？”

“嗯，很合适。”晓美微笑着说。不过说实话，她也不知道合不合适，她对自己的时尚品位毫无自信。

“那要向大家炫耀一下，我来叫她们。”智香飞快地点着手机。

智香的朋友们都是和智香差不多的类型，虽然称不上不良少女，但也不是正经学生。她们不会主动去做坏事，但只要有机会便会轻易堕落。这种危险性，从她们的外表就能看出。

晓美现在成了她们中的一员。至少她是这么认为的。

几十分钟后，来了两个人。

“哎？只有瑠骑亚和罗罗？花莲呢？”智香有点不开心地说。

“不知道，可能有事吧。”瑠骑亚说。

“这家伙，难得特意喊她来。”智香的眼角挑了起来。

“什么事啊？”罗罗问。

“哦，这个。”智香把衬衫拿给她们看。

“这是什么？好土。”

“喂！”智香轻轻捅了捅罗罗，“是晓美送给我的礼物。”

“啊，抱歉，我开玩笑的，很可爱。”

既不是玩笑也不是真的，晓美想。

这些女生说话基本上不过大脑。她们并不是真的觉得土，只是顺口说了声而已。当然，“可爱”也是顺口说的。所以这些都不是玩笑，也都不是真的。她们并不想表达什么，只是想说话所以说话了而已。

对于晓美来说，没有内容的对话没有任何意义，但她不得不忍耐。为了和她们做朋友，就必须忍耐这种无聊的对话。

晓美也曾试图加入她们这种没有实质内容的对话，聊天气，聊昨天看的电视，聊些不痛不痒的话题。但是她们聊得兴高采烈时，晓美一旦插进去，气氛就会莫名紧张起来，然后是突如其来的沉默。打破沉默的总是晓美之外的某人，那个人说的只是无关紧要的无聊话，但除了晓美之外的所有人都会接上那个话题，聊得不亦乐乎。

晓美也装作聊得很开心的样子，然后鼓起勇气加入聊天，结果又是尴尬的沉默。

晓美不知道到底哪里不对，只觉得自己的话和她们的话似乎有着根本性的差异。

和她们接触了几天之后，晓美渐渐意识到了，她们并不希望晓美加入聊天。聊天并不是晓美的任务，她有别的任务。

“晓美为什么又给智香送礼物？”瑠骑亚问。

“因、因为……尺码刚好……”晓美开始慌慌张张地解释。

“当然因为我们是好朋友啊。”智香打断了晓美的话。

“难道我们就不是好朋友吗？”罗罗噘起嘴。

“啊？”晓美不知道她是什么意思。

“只有智香是你的好朋友吗？”瑠骑亚也噘起了嘴。

“怎么可能，”智香嘻嘻一笑，“大家都是好朋友啊，所以晓美才说要把大家喊来。”

啊，是这个意思。晓美明白了。

也就是说，不光要给智香送礼物，还要给大家送礼物。这倒也没关系，晓美一开始就是这么打算的。既然没办法和她们聊天，那就通过送礼物来弥补这一点。

“是啊，大家都是好朋友，都有礼物。”晓美爽快地说。

“真的？哎呀，听起来像是让你给我送礼物似的，真不好意思。”罗罗和智香、瑠骑亚对望一眼，一齐笑了起来。

晓美心想，确实是你说让我给你送礼物的，但我不会指出这一点。送礼物是我的任务，这没什么奇怪的，每个人都有自己的任务。

四个人出了咖啡馆，去了附近的精品店。一进店，其他三人就不再理会晓美了，开始疯狂挑选衣服和首饰。

“这个可以吗？”瑠骑亚拿了一对耳环给晓美看。

“哎？啊……”耳环比晓美预想的稍贵一些。

怎么办？

“可以的吧，谢谢。”瑠骑亚迅速把耳环拿去了收银台。

“那我就选这个吧。”罗罗拿来一顶华丽的帽子。

看到标价，晓美有点吃惊。价格太高了。

但是晓美还没开口，罗罗就冲去了收银台。

好吧，晓美叹了一口气。

为了保持友谊，需要付出相应的代价。距离下一次得到零花钱还有好些天，不过忍忍总能挨过去。

“那我就这个吧。”智香把一瓶法国香水递到晓美眼前。

“哎？”晓美瞪大了眼睛。

“你干吗这么吃惊啊？你会给我买的吧？”

因为太突然了，晓美一时说不出话来。

“可是……”

“可是什么？”智香用责备的口气说。

“我刚才……送了你……”

“你就只送我一件衬衫？大家的礼物都比我的贵呢！”智香的眼角挑了起来。

罗罗和瑠骑亚看着她们。店员也看向这边，窃窃私语。

“好吧。”晓美掏出钱包。

“啊！智香怎么有两件礼物！太狡猾了！”罗罗和瑠骑亚叫道，句尾的语调缓缓上升，“果然智香有特殊待遇！”

“不，不是的……”

“不是啊！那我们也再买点！”两人咯咯笑着，去挑选新商品了。

这个月的零花钱都用光了。

晓美垂头丧气地走在回家的路上。

那三个人得意地提着购物袋不见了踪影，也许一起去哪里玩了。她们没有带上晓美，但晓美并没有不满，就算跟着一起去了，她也只会游离在团体边缘。

我在给她们买礼物的时候才有光彩，除此之外都黯淡无光。与其暴露阴暗的自己，还不如一个人待着。晓美想。

回到家里，父母都还没回来。两人的工作都很忙，几乎都是深夜才到家。

晓美像往常一样掏出手机，在群里发消息。

“今天的购物很开心。我的礼物怎么样？”

这是和智香她们的群，也是晓美唯一一个群。

她的消息和往常一样没有得到回复。这个群里基本上只有晓美一个人会发消息，每次消息都显示对方已读，但几乎没人回复。不过，一旦晓美发消息说要送礼物，立刻就会有回复，问她什么时候在哪里送。

晓美隐约意识到其他人另建了一个没有自己的群。听她们几个交谈，就能感觉到她们日常联系频繁，而她们也没有试图对晓美隐瞒这一点。这似乎不是疏忽大意，而是因为完全没必要。晓美是送礼物的人，一定程度的交流是需要的，但朋友之间的日常交流并不需要她，所以她们没让晓美加入日常交流的群，而只把她拉进了送礼物专用的群。或许她们认为这样很合理。

晓美其实也这么认为。

如果晓美进入了她们日常交流的群，她大概也不知道该发些什么，只能呆呆地看着她们花里胡哨的消息刷屏。所以她宁可一开始就不加群，也不愿意落到那样的境地。她需要的只是一个用来向“朋友们”表达自己送礼物意愿的群，这样就够了。她必须满足于此，只要能和“朋友们”保持联系，她就满足了。

已经晚上九点了，晓美饿了。她平时都是在便利店里买些东西吃，但是今天手头没钱了，所以什么都没买。

打开冰箱，里面只有纳豆、煮海带之类的小菜。冷冻室和蔬菜室里放了不少肉和蔬菜，但晓美不想做菜。除了在学校的家政课上，她从没做过菜。而且父母大概都会在外面吃完饭才回来，她不想为了自己一个人做菜。

晓美翻遍了厨房的橱柜，连速食和半成品都没有。最后，她终于在冰箱最底层发现了一杯冰激凌。

就这个了。虽然不像顿晚饭，但勉强凑合吧。

她打开盖子，把附带的木勺插进去的时候，勺子啪嗒一声断了。冷冻室的温度过低，冻得太硬了。

晓美把冰激凌放进微波炉热了二十秒。但功率太高了，冰激凌全化了，黏糊糊的。

她想把冰激凌再冻一次，但冻起来需要几个小时，而且融化成这样，就算重新冻起来，也不会恢复成原来的样子，只会变得像冰沙一样，所以她就直接喝了。

像是没调好的奶昔。晓美一边喝，一边流下了眼泪。

自己明明没做任何坏事，为什么下场这么悲惨。

传来了开门的声音。

回来的是父亲。

他一脸疲惫，眼窝深陷。

“爸爸。”晓美瞄了父亲一眼，又埋头吸冰激凌。

“怎么了？灯也不开，黑灯瞎火地吃东西。”

晓美这才反应过来没有开灯。她把灯打开。

“光吃冰激凌？”父亲看了看厨房说。晓美一般不会收拾厨房，所以看到这么干净，就知道她没买吃的。

“嗯。”晓美犹豫了一下说，“钱花完了。”

“钱花完了？这才月头啊。”

“最近开销比较大。”

“开销？”

现在也许是个好机会，可以和父亲商量智香她们的事。

想到这里，晓美自己也有点吃惊。

她一直觉得，自己有朋友，所以只要把这种关系维持下去就好。

然而，或许晓美只是一直在试图说服自己。可能是因为她的内心深处觉得，靠送礼物维系的友情是扭曲的，应该把这些告诉父母。

但是，告诉了又能怎么样呢？如果父亲知道了智香她们的事，可能会让我别和她们来往，那我就没有朋友了。这样好吗？这是我想要的吗？

不过，也许不来往才是正确的。晓美不确定什么才是正确的，而成年已久的父亲，或许有办法能让自己既不失去朋友，又能解决这件事。

“爸爸，我有点事想和你说。”晓美鼓起勇气说。

“能不能等一等?”父亲叹了口气说。

“嗯?”

“现在忙不过来。”

“忙不过来?”

“有些工作的事要考虑。”

“工作?”

“你不用在意，只是我现在没时间考虑别的事。需要钱的话，去找妈妈好吗?”

因为满脑子都是工作的事，所以没时间听女儿说话?晓美有点怀疑自己的耳朵。

“算了，也没什么。”晓美生硬地说。

“抱歉，说得有点过分了。什么事?你说吧。”看到晓美的样子，父亲似乎有点担心。

“没事了，没什么大不了的。”晓美赌气说。

仔细想来，这件事确实也没到要和父母商量的地步。先从母亲那里要到零花钱吧。找个像样的理由，她肯定会给的。

两小时后，母亲回来了。

父亲已经洗过澡躺到床上去了。

“哎呀，晓美，怎么这么晚还没睡啊？作业没写完？”母亲的神色比父亲更疲惫，妆都被汗水弄花了，身上散发着中年人的气息。

“妈妈，我有个请求。”

“什么？想要零花钱？”

晓美的心思被看穿了，也许母亲比父亲敏感些。

“嗯……”晓美含糊地回答。

晓美预想到母亲会有的一些反应：“这才刚月头吧。”“都花在哪儿了？”……于是她急忙在脑中编起了理由——马上就是智香的生日了，大家商量给她开个生日会，而且要买一份大礼物。生日会和礼物的钱要均摊，所以零花钱就不够了……

这个理由连她自己都觉得站不住脚。首先，大家没必要均摊这笔费用，就算要均摊，连晓美的零花钱都不够的话，那这个生日会对于中学生来说未免太奢侈了。一般人都会意识到孩子用不了这么多钱。

“好啊。”母亲说。

“哎？可以吗？”

“没有零花钱了吧？”

“嗯。”

母亲打开钱包。“啊，抱歉，要是早点知道，我就去银行取了，现在没有现金了。”

那也没关系。晓美松了口气。母亲连晓美的解释都没听就给钱，这让她有点震惊。

“要不把卡给你吧？密码知道吗？”母亲反应过来似的说。

晓美咽了一口唾沫。有了卡，几十万都能取。用那些钱来“上贡”，肯定能得到智香她们莫大的信任。

谢谢，卡也可以。晓美差点说出了这句话。

不行。要是这么干了，那就真的无法挽回了。

晓美克制住了自己。

“啊，没事，我还剩了一点，明天晚上给我也行。”

说完，她逃跑似的回到了自己的房间。

晓美躺在床上睡不着。

她对父亲的冷漠感到生气，也对母亲的过分宽容感到迷茫。

不，那并不是宽容，而是不关心。如果母亲关心我，就会先问我为什么要钱。可是母亲连金额都没问，就要把卡给我。这说明母亲不想和我交流，她不想听我多说，所以就拿钱让我闭嘴。

这时，晓美的肚子咕咕叫了起来。

晚饭光吃融化的冰激凌果然不够。但现在已经半夜两点多了，实在不好意思爬起来和父母说自己想吃东西，他们应该累得早就睡着了吧。

没办法，晓美只好望着被小夜灯隐约照亮的天花板。

嗯？那是什么？

天花板的边缘有个长条状的东西，大概二三十厘米长。

本来就有的吗？还是最近才有的？

晓美盯着仔细看了半天，慢慢发现那不是条纹，而像是一条缝。

不好，那里不会漏雨吧？不会有蟑螂、老鼠从那儿钻出来吧？

晓美担心起来。

那里离床很远，所以晓美打开灯，把书桌前的椅子挪到缝隙下面。

她小心地爬上去检查。

果然是条缝。她用手指按了按缝隙附近的吊顶，感觉有点松动。

怎么办？明天告诉爸爸妈妈？

她又按了几下，吊顶里好像有东西在动。

什么？虫子？老鼠？该不会是蛇吧？

一个薄薄的东西从缝隙间飞了出来，掉在地上。

灰尘像烟雾一样从缝里喷出来。

这是什么？

晓美跳下椅子。

她听说男孩子会把色情书藏在吊顶里，会不会是这个？但是家里没有男孩子。难道是爸爸？不会。就算爸爸有色情书，也不可能藏到女儿房间里。父母说过他们买的不是新房，是二手房，所以这可能是前任房主藏的色情书。

晓美好奇地捡起那本“色情书”。

什么啊？

确实是本书，但不是色情书，像是手工书或笔记本。

封面上写着难读的文字，像是汉字。

杜、子、春？像是人的名字，感觉怪怪的。

可能是中国人的名字。但晓美不知道中文的发音，所以姑且用日语汉字的方式来读它。

书的材质和晓美平时接触的打印纸、笔记本完全不同，纸张很粗糙，软绵绵、皱巴巴的，颜色也不白，上面都是蓝色与褐色的斑点，大概是原来的颜色褪掉了。书闻起来有股灰尘混合着药水的味道。

这也许是晒蓝书？

小学的科学课上，在利用阳光制作照片的实验中，老师介绍过一种叫“晒蓝”的技术，就是把画好图案的半透明硫酸纸覆盖在对光敏感的蓝图纸上一起晒，没有图案的地方就会褪色，有图案的地方就会保留蓝色，像照片一样。晒蓝曾经被用来代替复印，不过这样复制出的文件很快就会老化而无法阅读，所以现在已经不用这种方法了。

这肯定是一本装订起来的晒蓝书。

因为晒蓝无法实现双面复印，所以装订的时候会把单面着色的纸对半折成一页。

有趣。

晓美对这本书很感兴趣，想读读里面的内容。

但是读懂没那么容易。这书好像有些年头了，变色严重，文字几乎没法阅读了。

不过里面处处都有“杜子春”三个字，这应该是个关于杜子春的故事。

他好像是仙人的徒弟，但因为一时疏忽被打入地狱。在地狱里饱受折磨后，重新复活，但被封在了黑暗中。晓美从没读过这样的故事。很奇怪，但很有趣。

她翻开最后的部分。

遗憾的是，这里的颜色太淡了，几乎看不清。她从能看清的部分往回翻，然后在某一页上读到了这样一行字：

“那边的人，你认得我吗？”

这奇怪的话像是在呼唤读者。

晓美带着一点恶作剧的心情，从桌上的笔筒里拿出自动铅笔，在这一行旁边写下：

“嗯，认得，你是杜子春。”

就在这时，晓美感到书似乎颤抖了一下。

嗯?

晓美的书掉了。

书倒扣在地上。

刚才是怎么回事?简直像是书在回答我一样……不可能吧。

她战战兢兢地捡起书，去看刚才那一页。

“太好了。但你怎么知道我的名字?”

这是什么?怎么会有这行字?是突然冒出来的吗?不像啊，感觉像是一开始就写在这儿的。难道是因为字的颜色太浅，刚才看漏了?肯定是这样。

晓美换了个角度，迎着光想看看这一页上的其他文字，但除了这两行和晓美自己写的一行之外，其他地方看起来都模模糊糊的。

这行字肯定一开始就写在上面了，只是刚才没注意到。

晓美决定这么解释，但她还是有点担心。

如果真是这本书在回答我呢?

她已经不是相信魔法书的孩子了，但她确实有种奇怪的感觉。如果放着不管，只会更害怕。这到底是幻想还是现实，她很想搞清楚。

但是有办法搞清楚吗？

有。

“因为这本书上写了你的故事。”晓美在那一页上写道。

书颤抖起来。

不，不是书，是我的手在颤抖。

晓美不禁笑出声来。

是我紧张得把手抖当成了书在抖，因为确实太害怕了。

她一边苦笑，一边翻开书页。

“是吗？还有书写了我的故事啊。”

“啊！”晓美大叫一声。

她合上书放到桌上，然后仰面躺在床上，做了好几个深呼吸。

我和书对话了。虽然有这样的修辞手法，但刚才是真的对话了。这是什么原理？这本破破烂烂的书难道是某种最新的智能终端，有人在别的地方对我写下的文字进行实时回复？对方还在我房间里装了隐藏摄像头，拍下我惊慌失措的样子，以此取乐？

晓美朝周围看了一圈，又一次拿起桌上的书打开。

她在椅子上坐好，挺直了腰，写道：

“你能看见我吗？”

虽然没有肉眼可见的变化，也没有声音，但晓美感觉书似乎有了反应。但是书页没有变化。

她哗哗翻动书页。

她在另一页上看到了这样的文字：“我不确定。像是能远远看见，但不知道是不是你。对了，你叫什么名字？”

这显然是在对话，就像是交换日记。不知道是高科技还是灵异现象。

“我叫晓美。”

“晓美，你能看见我吗？”

“怎么说呢？如果你就是这本书，那我能看见你。”

“我不是书。所以你其实看不到我。有点遗憾。”

“为什么我在这本书上写字就能和你对话？”

“我不知道。而且我这边根本没有书。可能是仙术吧。”

“对了，书上说你是仙人的徒弟，就像孙悟空那样？”

“准确地说还不是徒弟。算是为了成为徒弟而在接受考验……”

“但你不是死了，去了地狱吗？”

“是的，不过那也是考验的一部分……听起来奇怪吗？”

“奇怪，非常奇怪。”

正在和书聊天的自己也很奇怪。

“书里详细记载了我的人生？”

“可能写了，但是褪色得厉害，几乎没法读。”

“那我说说自己吧，如果你想听的话。”

晓美看了看钟，已经快三点了。可如果现在睡觉的话，早上会更痛苦吧。只能熬夜了。

“我没问题，你说吧。我也会说说我自己。”

“我本来住在大唐一个叫洛阳的城市里，靠父母留给我的财产过着富裕的日子。”

“我住在日本。”

“日本是地名吗?”

“是国名。”

“我没听说过。”

“那你的日语怎么这么好?”

“我没有在说日语。”

“那一定是仙术或者高科技。”

“你觉得是就是吧。”

“你继续说吧。”

“我放荡不羁，挥霍无度，把财产都花光了。”

“这可糟了。”

“很糟。我没了朋友，没了家，在街头游荡，想着干脆自杀算了。这时候，铁冠子出现了。”

“谁？这个女孩的名字挺粗犷的。”

“是仙人，不是女孩，是老人。”

“哦，以前的男人确实也有叫‘子’的。比如小野妹子。”

“是你认识的人吗?”

“不是，别管那个了，继续说吧。”

“铁冠子大概是可怜我，给了我好多财宝。”

“多少财宝？”

“车子都装不下的黄金。”

“感觉值几十亿日元，说不定上百亿。”

“日元？”

“日本钱的单位，不用在意。这样一来，你就有钱了，一切都变好了吧？”

“是啊，好多朋友都回来了。”

“可是他们在你没钱的时候都抛弃了你啊。”

“是啊。”

“那你还和他们做朋友？他们就是为了你的钱吧？”

“但人就是这样的，不是吗？”

不是这样的。

晓美正要这么写的时候，内心突然被刺痛了。

只为钱的朋友——智香她们的脸从眼前一闪而过。

“我请来了全世界的美女、艺人，每晚设宴。”

“那么早以前就有人从世界各地来了？”

“天竺、波斯、大秦，都有人来。那时很少有外国人来，挺稀奇的。慢慢地，黄金见底了。”

“你也太蠢了吧？”

“事后回想起来确实够蠢的，但是只要眼前有钱，我就会随手花掉。钱一花完，朋友们就消失了。”

“然后呢？”

“我在街头发呆，铁冠子又出现了，再次给了我黄金。”

“铁冠子真是好人，和你无亲无故，居然给了你两次黄金。”

“那大概是用仙术变出来的，不心疼。”

“也就是说，他只是随手救了一个浪荡公子？”

“这个回头再说。当我重新有了钱之后，又请来全世界的美女、艺人，继续每晚设宴。朋友们也回来了。”

“难道你后来又把钱花光了？”

“人的性格没那么容易改变。”

“这可真是……”

“我再次流落街头，走投无路的时候，铁冠子……”

“等一下，这个故事会一直这样继续下去吗？”

“我没有蠢到那种程度。不管多有钱，只要花完了，朋友就不是朋友了。这种事情翻来覆去都是一场空。”

“你不想再要钱了。”

“那也不可能。因为我已经奢侈惯了。”

“那怎么办？”

“我想成为仙人。”

“因为只要成了仙人，就能随意变出黄金了？”

“不，只要成了仙人，那就连黄金都不需要了。想要食物、美女的话，直接变出来就行了。”

“朋友也是。”

“大概吧……”

可能是错觉，杜子春的文字变得很无力，只能勉强看清。

“所以你请他收你为徒了。”

“首先要经过他的考验。”

“考验很难吗？”

“说难很难，说简单也很简单。”

“什么意思？”

“铁冠子吩咐我看家，但要求我在他回来之前绝不能发出声音。如果出了声，就做不了他的徒弟。”

“这就是考验？”

“我认为是。说是看家，也并不是在家里，而是半夜守在山中的石头上，很吓人。”

“不过只要保持沉默就行了，这很容易做到吧？”

“但是铁冠子一走，就有了天翻地覆的变化，妖怪们跑出来袭击我，非常可怕。”

“那一定是仙人为了考验你故意安排的，只要忍住就好了。”

“我也是这么想的。然后一个妖怪大王来了，威胁说我要是再不开口就杀了我。”

“反正都是吓你的。”

“我也是这么想的，没有理他。结果他一剑把我刺死了。”

“哎？”

“就这样，我的灵魂落到了地狱里，被拖到阎王面前。”

“为什么你都要死了还不说话？要是死了就什么都没了啊，一定成不了仙了。”

“我也这么想过，但我不知道铁冠子的考验安排到了哪一步，不知道那是不是真的，所以我犹豫了一下，结果就被杀了。然后阎王开始审判我，奇怪的是，他也想让我说话。”

“啊，真奇怪。”

“我也这么觉得，所以我什么都没说。结果阎王就说要让我受地狱之苦。”

“那大概也是假的，肯定一点也不痛。”

“不，非常痛，真的是地狱之苦。”

“就算痛，也是幻觉，无视它就好了。”

“因为不是你痛，你当然可以说得这么轻松。疼痛不分虚实，痛就是痛，最后我叫出了声。”

“完了。那后来呢？”

“我醒过来，发现铁冠子站在我面前，然后他说我成不了仙人。”

“然后呢？”

“然后就没了。我昏了过去，再醒来的时候就成这样了。”

“这样是哪样？”

“就是现在这样，在一个不知道是哪儿的地方找到了你。”

“哦，”晓美抱着胳膊思考了一会儿，然后慢慢写道，“我差不多明白了。”

“明白了什么？”

“我想你是真的死了，然后变成了幽灵，附在这本书上。”

“这很难让人相信。”

“你还有其他解释吗？”

“那我该怎么办？”

“只能找人驱魔了。”

“驱了魔我会过上好日子吗？”

“这我也不知道。”

“你也太不负责任了。”

“我本来也没有责任啊。”

“说得也没错……”

“怎么突然没底气了？”

“我觉得自己可能确实该死，骄傲自大，三番五次浪费了巨额财产，连不要出声这么简单的要求也做不到。不过，即便如此我也不想下地狱。”

杜子春也太任性了。但晓美转念一想，自己花父母的钱如流水，和杜子春好像也没什么不同。如果自己现在死了，大概也会和杜子春一样下地狱吧？

“好吧，我不驱魔了。”

“谢谢你。”

“作为报答，我能找你商量一件事吗？”

“我一无所有，什么都帮不了你。”

“不会的，你有非常了不起的财富。”

“是什么？”

“失败的经验。失败是成功之母嘛。”

“能从失败中吸取教训的人，说实话很少，大部分人只会重复同样的失败……好吧，你不介意的话，可以和我商量。”

“是关于我的朋友……”

晓美把自己的烦恼如实说了出来。

父母工作很忙，连和自己说话的时间几乎都没有，为了补偿，就给了自己很多零花钱。自己不知道怎么交朋友，所以想用那些零花钱买取朋友的欢心。但是最近朋友的要求越来越过分，自己开始害怕了。

“一模一样。”

“我和你？”

“你的父母和你，还有你和你的朋友。”

“不明白你在说什么。”

“你说你不知道怎么和你的朋友相处，只能用礼物收买。”

“简单来说是吧。”

“你的父母也是这样。不知道怎么和女儿相处，只能用钱收买。”

“你这是什么话！”

“你拿零花钱的时候，感觉到父母的爱了吗？”

“怎么说呢……我不知道。”

“朋友也是一样。她们收了你的礼物，但并没有感受到你的友情。”

“那我该怎么办？如果我不送礼物，她们肯定会离开我的。”

“那不是很好吗？我有钱的时候，家里聚集了很多朋友。他们在我家吃喝玩乐，我送他们奇珍异宝。说起来我算是对他们有恩，但那又怎么样？到了我一贫如洗的时候，没有一个人关心我。他们只会从我这里索取，不会为我有任何付出。你的朋友也一样。只会抢你的东西，什么都不会给你。”

“但我如果不给她们送礼物，就是孤零零一个人了。”

“你现在也是孤零零一个人，没有区别。”

晓美合上书，扔到地上。

什么啊！你凭什么这么说！

她一边生气，一边又在想自己为什么这么生气。

因为他说对了。杜子春说的都是事实，我现在就是孤零零一个人。她们和我在一起并不开心，我自己也不开心。她们只是为了得到礼物，才忍着和我做朋友的。

那我呢？我为了什么在忍？

为了和她们做朋友？但那也很奇怪。和她们做朋友明明一点都不开心，我为什么要忍呢？

晓美愈发糊涂了。她已经搞不清自己到底想要什么了。

她把书捡起来，写道：

“人为什么需要朋友？”

“动物有单独行动的也有结伴行动的，对吧？人是结伴行动的。”

“所以这是本能？”

“是的。而朋友也有作用。”

“什么作用？”

“只要有个有钱的朋友，就可以靠他吃喝玩乐了。”

“那有钱的朋友自己有什么好处？”

“真正的朋友，会在你失去财产的时候帮助你。”

“有哪个朋友帮你了吗？”

“因为我那些都不是真正的朋友。你有吗？”

“我不知道。”

这是谎话。我知道，我没有真正的朋友。

“如果只是被利用的话，那就别再交往下去了。靠钱财维持的关系，特别脆弱。”

“那样的话，我就是孤零零一个人了。”

“你不是有家人吗？”

家人？对，我有父母。但我只是在利用他们得到零花钱。是的，我和智香她们一样，和父母之间是靠钱在维持关系。

“说是家人，但我只是在利用他们。如果他们意识到这一点，说不定会抛弃我吧。”

“家人是不要求回报的。”

真的？父母给我的零花钱比一般孩子多得多，但这难道不是一种逃避责任的表现吗？给不了爱，所以用金钱弥补。其实我是个负担，但因为没办法丢掉，所以只能不情不愿地养着我。他们只是出于义务抚养我，可能并没有爱。

“杜子春，你说，天下的父母真的都爱自己的孩子吗？”

“父母爱孩子是理所当然的。”

“真的吗？父母杀掉孩子的事情也不少见吧。”

“那是很特殊的情况。”

“说不定我的父母就很特殊。你能断言他们不特殊吗？”

晓美希望杜子春反驳自己，希望自己被驳得体无完肤，但是……

“我不能断言所有父母一定都爱孩子。”

果然……

晓美很失望。

“但是，如果你不相信对方，对方也不会相信你，对吧？”

“你是说，为了获得对方的爱，我也要爱对方？那不还是交易吗？爱就是那样的吗？”

“不是的。相信和爱是两回事。不相信也可以爱。”

胡说八道！

晓美又生气了。

仔细想想，这家伙本来就是个只会花钱的废物。他懂什么是爱吗？

朝阳从窗户外照了进来。

和幽灵聊了整整一个晚上，实在太蠢了。这和熬夜请狐仙有什么区别？

“够了！”晓美合上书。她有一瞬间想把书扔掉，但又不想把有灵性的东西当垃圾，最后还是决定放回桌上。

“哎？今天没有礼物？！”智香原本笑嘻嘻的脸一下子板了起来。

“抱歉，没有零花钱了……”

今天两个人没在咖啡馆，而是在便利店的用餐区里。智香对晓美没钱去咖啡馆这一点似乎也不满意。

“什么叫没有零花钱？！你爸妈呢？找他们要啊！”

“还有好些天才给零花钱呢……”

“这和我有什么关系！搞什么啊！我这么忙，还特意跑出来！”

瑠骑亚、罗罗、花莲都来了。

“怎么了，智香，什么事这么生气？”罗罗笑着说。

“这家伙说她没带钱！”

“垃圾！”瑠骑亚说。

“真的，恶心！”

为什么骂我？晓美想。我没有对她们做什么坏事啊，反倒是一直在送她们礼物，按理说她们应该感谢我才对，可是为什么还骂我呢？

她们看晓美的眼神满是怨恨。

晓美慢慢反应过来了。

她们认为得到我的礼物是理所当然的，所以收到礼物也不会增加好感。因为是理所当然的，好感当然为零。而如果得不到礼物，好感就会为负。在她们看来，我不送礼物就像是抢了她们的东西一样。

晓美犯的错误就是一直在放纵她们。杜子春的朋友们大概也是出于同样的想法抛弃了他。听杜子春说的时候，晓美还觉得那些朋友太无耻了，但说不定他们其实都在恨杜子春。

他们大概在想：杜子春那个混蛋太过分了！怎么变得那么穷！他没钱了，我们还玩什么！

必须离开她们。晓美下了决心。

再不离开她们，我就完了。她们绝对不会满足的，会把我吃得一干二净。直到我什么都给不出来，她们就会丢下我，再去找新的牺牲品。

“我要回去了……”晓美声音嘶哑。

刚才智香她们的样子还只是有点夸张，现在突然变得可怕起来。她们平时都是一副沉稳的表情，但此刻那副薄薄的面具已经脱落，真面目就像铁石心肠的恶棍。

晓美咽了一口唾沫，身体开始颤抖。

不行，不能让她们发现自己在害怕。

晓美努力装出冷静的样子，摸索着试图抓住书包，但是书包不在原处。

“你要回去？”智香的声音低了八度。

“嗯。今天我要和家人一起吃饭。”

她立刻撒了个谎，为了不让智香她们知道父母不在家。

“你爸妈平时不都很晚才回家吗?”

“今天……是纪念日。”

“什么叫纪念日？一般都会说是谁的生日，或是父母的结婚纪念日吧。不会撒谎就别撒!”

我想回去。我要找到我的书包。

“你偷偷摸摸干什么呢!”瑠骑亚大喊一声。

店员吃了一惊，朝这边看过来。

没事的。有店员在，她们不敢乱来。

“书包……我的书包在哪儿?”

“什么？！你说我们偷你的书包?”

“我没那么说。我只是找不到书包了。”

“只有我们和你在这儿。你说书包不见了，不就是说我们偷了你的书包吗？你说我们是小偷？！”

完全是强词夺理。不过从某种意义上说，她们也确实是小偷，一直索取礼物，从不付出。但那是我主动给她们的，所以不是犯罪。但如果她们偷了我的书包，那就是犯罪了。她们把书包藏到哪儿去了?

“我绝对没有说你们是小偷。不过如果你们知道我的书包在哪儿，请告诉我。”

晓美几乎要放弃书包了。书包和书包里的东西当然很重要，但继续和她们纠缠下去会很痛苦，也许放弃书包直接跑掉更好。

“可能我本来就没带书包，”晓美从椅子上站起来，“我先回家看看。”

“不用那么着急。”智香按住晓美的肩膀，把她按回椅子上，力气大得可怕。

她们想干什么？还是放弃书包马上回去吧。如果走不成，闹大了把警察招来更好，店员可以证明我没有错。

“我现在就要回去。”晓美甩开智香的手。

“你干什么！疼死了！”

店员要过来了。

干脆向他求助吧。等他再近一点，我就跑过去，她们应该来不及阻拦。

晓美朝店员望去，视线文会在　起。

就是现在！

“书包不是在那儿吗！”花莲指着店里的一角。

从晓美的位置看去，花莲指的地方刚好被架子挡住，看不清楚。她站起来望向架子后面。

是自己的书包。

晓美走向书包，把它拿起来。

咦？之前有这么重吗？

就在这时，她发现智香她们也跑了过来。

趁现在跑吧，不然就麻烦了。

晓美冲出便利店。

“她偷东西！”智香指着晓美大声喊。

“啊？”晓美吃惊地站住了。

“你等一下！”店员喊道。

智香她们四个咯咯笑着，从晓美身边经过，然后不知道去了哪里。

店员从店里出来，来到晓美旁边。

晓美心慌意乱，她想干脆直接逃走，但是不见得能逃掉。逃跑可能会让情况变得更糟，而且店里有监控，大概也拍下了晓美的脸。

对了，有监控。监控录像肯定能证明自己的清白，所以不用逃。

“能给我看看你的书包吗？”

“你可能不相信，但是书包里的东西不是我放进去的。”晓美忍着泪水说。

“那个稍后再说，先让我看看书包里面有什么。”

晓美叹了一口气，打开书包。糖果、饮料、酒水都滚落下来。

“这些都没付钱吧。”

“是的，但是……”

“你是说这些是你朋友放到书包里的。”

“是的。”

他理解了我的意思！

晓美看到了一丝希望。“你只要查查监控录像就知道了，这些是她们放到我书包里的。”

“但是，是你从店里拿出去的。把东西放进书包里，这不是什么大问题。如果是打算在离店前付钱，我也无话可说。但没付钱就拿出店门，这可不行。”

“你是说……”晓美的嘴唇微微颤抖起来，“都是我的错吗？”

“我没有那么说。但是，我也没办法单方面认为你是受害者。”

“那……要怎么办？”

“按照店里的要求，再小的盗窃行为都要联系警察。”

晓美眼前一黑。“报警的话事情就麻烦了。”

“是麻烦。但是，我只是这家店的店员，没法随便放你走。”

“求求你，我是无辜的。”

“从个人感觉来说，我也相信你是无辜的。但是，整个过程都有录像，如果我私自放了你，我就会被解雇。我并不是只考虑自己，我有我的职责权限，不能越权。万一我的感觉错了，你确实是小偷，我承担不了这个责任。”

“那么请去问店长吧。如果店长同意就可以了吧？”

店员叹了一口气说：“说实话，我是不应该这么做的。”

店员拨通了电话。“喂，店长，我是岩井……那个……发生了盗窃……不，还没联系警察……嗯，抓到的女孩说是被朋友陷害了……啊，没有证据，不过应该不是撒谎……哦，好的，明白了……”

“请让我接，我和店长解释。”

“她说要接电话……是，您说得对……我知道了。”店员没有把电话给晓美，直接挂断了。

“不行吗？”晓美战战兢兢地问。

“不行啊，”店员遗憾地说，“我现在联系警察，请稍等。”

“没有商量的余地了吗？”

“没有。如果你坚持自己无罪，也请向警方坚持。当然，店里的录像会提供给警方，需要的话我也会做证。不过，虽然我觉得你很可怜，但也没有决定性的证据证明你是被陷害的。”

警察到了之后，晓美被带到了便利店的一个小房间。房间里有男女警察各一名，女警察看起来和晓美的母亲差不多年纪，男警察看着二十多岁。

女警察坐在晓美面前。

“你知道自己为什么被带来这里吗？”女警察语气温和地说。

“知道。”

对方问了她的名字、住处和学校。

“你被怀疑盗窃。”

“我没有盗窃。请看监控录像。”

“录像清楚地拍到一名女生把你的书包放在了角落里。”

“那……”

“后来，女生好几次挡在书包和摄像头之间，可能是在把商品放进去。”

“啊，太好了。”晓美松了一口气。

“再后来，你拿起书包，逃出了店门。”

“等一下，你在怀疑我吗？”

“还没说到怀疑不怀疑，我是在确认事实。”

“我是要逃离她们。”

“你被她们欺负了？”

“不是……我想不是。”

“那你为什么要逃？”

“因为……我没有给她们送礼物，她们生气了。”

“她们强迫你送礼物？那就是敲诈了。”

“不是的，是我主动送的……”

警察叹了口气。“那就不是敲诈了？”

“是的……”

“能告诉我她们的名字吗？”

晓美报出了智香她们的名字。

“都在同一所学校？”

“对。”

“玩伴？”

“是的。”

“这是第一次团伙盗窃吗？还是以前就干过？”

“我从来没有偷过东西。至于她们，我不知道。”

“就是说，你的朋友可能偷了东西，但和你无关。”

“你这样说，听起来像是我把责任推给朋友。”

“我知道这话听起来像是在说你不好，但这一点非常重要。如果你认为自己没有罪，就要说清楚。”

“我说了你们就会相信？”

“我们只是在调查各种证据——你的证词、店员的证词、店里的录像，来判断真相是什么。我们不会随便相信某个人的话。”

“你们也会调查智香她们吗？”

“当然会听听她们的说法。”

"她们肯定会撒谎，请不要相信她们。"

"我们必须平等对待你和她们的证词。"

"是她们把东西放进我书包里的，这不是很清楚吗？"

"这需要分析录像，不过大概确实像你说的，是其他孩子放进去的。"

"那不就说明我是无辜的吗？"

"有可能是你和她们合伙盗窃。一个人把商品放进书包里，另一个人把书包拿出去，这样让警方难以定罪。"

"她们出去的时候指着我说'她偷东西'。如果我和她们是同伙，那么说不是很奇怪吗？"

"我不觉得很奇怪，可以有很多解释。"

"是为了陷害我，不然没法解释。"

"可能是计划执行到一半，等真要出去的时候，突然害怕了。"

"是无论如何都要给我定罪吗？"

"不是的。我们只是在不带任何预设的情况下展开调查。"

走廊里传来吵闹声。

"现在正在和您女儿谈话，请稍等片刻。"

“我女儿不可能偷东西！”

“现在正在调查。”

“她要是真的偷了东西，一定是被朋友威胁的！”

“妈妈？”晓美说。

“啊，您不要随便进去——”

门开了，晓美的母亲闯了进来。

“怎么回事？”女警察问，“你叫了妈妈来吗？”

“不是。”晓美摇摇头。

“我们也没有联系过你妈妈。除了警察，你还和别人说过这件事吗？”

“没有。”

“那她怎么知道你在这里？”

晓美默默摇摇头。

“我来咨询有关晓美的事情，刚巧看到了她的背影。”母亲说。

“您来咨询晓美的事？”女警察问。

“对。”

“这……您先坐吧。”

警察搬来椅子。

“您以前就发现您女儿有盗窃行为？”

“没有，”晓美说，“我没有盗窃。”

“我现在正在问你妈妈。”

“晓美没有盗窃，反倒是她的朋友一直在向她索要东西。”

“哎？”晓美吓了一跳，她从没想过母亲知道这事。

“是敲诈？”

“不是直接敲诈，但如果不给的话，她们就不跟晓美做朋友。”

“您女儿也是这么说的。但如果可以不给，那就不算敲诈。”

“但是我孩子被逼得走投无路了。”

“您有什么证据吗？”

“不知道算不算证据，我有类似日记一样的东西。”

“日记？”

“类似日记的东西。”

“晓美的日记？”

“我不写日记。”晓美说。这是真的。

“您女儿说她不写日记。”

“因为害羞吧。毕竟这个年纪。”

“能给我看看那本日记吗？”

“不知道算不算日记，是类似日记的东西。”

“能给我看看那个类似日记的东西吗？”

“怎么说呢，那个东西挺奇怪的……”

“我不勉强，”女警察说，“晓美好像也不想让人看。”

“我不写日记。”晓美重复道。

一阵沉默。

“好吧，”女警察说，“我再和您单独说几句，今天就可以回去了。”

“我女儿没有嫌疑了？”

“现在还不好说。因为录像还没分析，您女儿朋友的口供也还没录。”

“是吗……”母亲有点失落，垂下头。

“不过，”女警察接着说，“假如……我是说假如，您女儿偷了东西，但是因为店方没有实质性的损失，也没有打算追究责任，所以这件事不做处罚的可能性很高。”

“哎？”母亲抬起头。

“不会追责了，放心吧。”女警察微笑着说。

“等一下，你是说不再怀疑我的女儿，还是说她可能偷了东西，但这次就算了？”

“不管哪一种，都不会追责，所以是一样的。剩下的，就请你们家长好好和她谈一下了。”

“也就是说，我女儿还是被当作罪犯对待？”

“不是的。店方没有要求追责，警方就不能采取行动。”

“就不能证明我女儿无罪？”

“不，谈不上有罪无罪，因为没有立案。”

“要怎样才能证明我女儿无罪？”

“没必要证明。”

“我不能接受。如果我报案，你们会调查吗？”

“您报案？也太奇怪了，您没有报案的理由啊。”

“我要告你们诽谤！”

“您要告谁？店方没有任何过错，我们警方也只是在履行职责。如果您女儿说的都是真话，那她朋友的行为也只属于恶作剧。”

“你们把我女儿当罪犯，到了她们那儿就是恶作剧？！”母亲极力反驳。

“算了吧，妈妈。”晓美拉住母亲的胳膊。

“怎么能算了！她把你说得像是罪犯一样！”

“是我自己没做好，才落得这个下场。”

“错的是那些家伙，不是你！”

“只要妈妈理解我就够了。”

母亲停住了。

“真的这样就够了？”

“够了。警察也说了，没有立案就没有有罪无罪的问题了。”

“这样你能接受？”

“我不想把事情闹大。闹大了反而会有各种谣言。”

“说得也是。你想得对。”

于是，母亲和警察谈了一会儿之后，两个人回家了。

父亲已经回到了家里。

“听到妈妈的留言，我就赶紧回来了。盗窃的嫌疑洗清了吧？”

“他们太过分了！”母亲向父亲抱怨了一番对警方的不满。

“唉，这个也没办法，”听完母亲的抱怨，父亲说，“如果被当成嫌疑犯，还可以在法庭上证明自己的清白，但是没有立案的话，确实没法证明，或者说不需要证明。”

“女儿被人怀疑了你不在乎吗？！”

“不不，警方只是尽自己的职责，也不是针对晓美吧。”父亲看起来松了一口气。

父母的反应差别很大，不过都让晓美感到意外。晓美本以为他们的反应会更冷淡一些。在她的想象中，父母接到警方的电话后，过来接自己，在文件上签名盖章，然后一言不发地回家，第二天又若无其事地照常上班。但是母亲的情绪这么激动，而父亲像个小孩子似的为女儿平安归来感到高兴。

原来是自己误解了父母。父母对自己并不是冷漠放任，而是信任。

不过，有件事还是说不通。

“妈妈，你为什么去警察局？应该还没人联系你吧？”

“因为我看了你的日记啊。”

“可是我根本没写日记。”

“明明就放在桌上啊。”

桌上？难道是……

“杜子春……”

“对，你给日记本起名叫‘杜子春’，挺可爱的。”

“杜子春？”父亲想了想，“那不是《玄怪录》里的一篇志怪小说吗？”

“你看过了吗？！”晓美不禁叫了起来。

要是父母看到我在一本字褪得七七八八的旧书上写字，假装是在对话，肯定会以为我脑子不正常。

“对不起，不过幸好我知道了你的难处。别再和那些女生来往了。如果她们找你麻烦，我们会向学校反映。她们要是再骚扰你，我们就申请让你单独上课或者转学。”

奇怪，母亲似乎并不觉得“日记”有什么不对劲。

晓美冲回自己的房间。

书摊在桌上，晓美拿起来。

有关杜子春的文字几乎看不出来了，只有晓美的字留在上面。母亲大概以为她在和想象中的朋友聊天吧。

不对，可能实际上就是这么一回事。昨天我以为自己在和书里的人物对话，但是仔细想想怎么可能呢？也许我只是在和自己心里的人物对话。

父亲说某本书里有这个故事。这本书肯定就是他年轻时复印的。

不过，和杜子春的对话是不是真的，已经无所谓了，问题已经解决了。准确地说，其实什么问题都没解决，但至少父母知道了我的烦恼，这就足够了。我不是孤零零一个人了。

“杜子春，谢谢你，多亏你帮我转告了妈妈，接下来一切都会变好的。”晓美在书上写道。

“那太好了。我也会努力的。”

哎？

“晓美，今天一起出去吃饭吧？”客厅传来母亲的声音。

“嗯。”晓美转过头回应了一声。

她再看向桌面时，书不见了。

“冥顽不灵。”阎王说。

回过神来，杜子春发现自己正被鬼卒们拖着带到了阎王面前。

难道前面那些都是幻影？

杜子春已经分不清虚幻和现实了，干脆放弃了思考。其实自从被铁冠子带到峨眉山上起，或许就已经不是现实了。不仅如此，在那以前，铁冠子给自己黄金，自己穷奢极欲的那些事，是现实吗？再往前，遇到铁冠子之前的人生，是现实吗？

杜子春被虚无的情绪包围了。

反正自己的人生就是一场梦。既然如此，所有的痛苦也都是幻觉罢了，确实没必要出声。铁冠子的话说不定也是假的，不过无所谓了，船到桥头自然直，到时候诅咒完愚蠢的自己和铁冠子之后去死就是了。

“这家伙的父母堕入畜生道了，去抓过来！”阎王吩咐。

阎王说什么？我父母堕入畜生道了？不可能。我父母虽然不是圣人君子，但绝不至于坏到堕入畜生道。

杜子春决定无视阎王的话。

但是很快就有两匹马被牵到了杜子春面前。可怕的是，马的脸正是杜子春死去的父母的脸。

不可能，绝对不可能，他们怎么可能堕入畜生道……

“快说，你为什么坐在峨眉山上！再不交代，我就让它们灰飞烟灭！”

杜子春紧闭双眼。

不要想。我要成仙，这些全都是假的。

“这家伙只顾自己，完全不管父母，真是个不孝子！”阎王大喝道，声音震天动地，“给我打！狠狠地打！把它们打成肉酱！”

鬼卒们挥起铁鞭，用眼睛看不清的速度抽打两匹马。马皮转眼就没了，瘦弱的肌肉被抽得破烂不堪，骨头也碎了，碎片四下飞溅。

两匹马残破的身体瘫倒在地，痛苦得不停颤抖。

“怎么样，还不肯说？”

鬼卒们停下鞭子，等待杜子春的答复。

杜子春紧闭双眼，握紧拳头。

我要成仙，一定要成仙。

“别担心。”他听到一个微弱的声音，那声音令人怀念，“你的幸福就是我们的幸福。不管阎王说什么，只要你不想，就不要说。”

杜子春睁开眼睛。

他下定了最后的决心。

蜘蛛丝的断裂

芥川龙之介《蜘蛛丝》梗概

某一日，释迦牟尼漫步在极乐世界的莲池畔，忽然在莲叶间看到了莲池下的景象。莲池下是地狱，三途河与针山的景象仿佛触手可及，无数罪人在里面蠕动挣扎。释迦牟尼的视线落在了犍陀多身上。犍陀多生前是个杀人放火、作恶多端的极恶之人，但释迦牟尼想起了他做过的唯一一件善事——他救过一只蜘蛛。释迦牟尼认为，作为这件小事的善报，可以把犍陀多从地狱里救出来。于是，他取了极乐世界的一根蜘蛛丝，垂进地狱。

在地狱的血池里挣扎起伏的犍陀多，发现一根银色的蜘

一

蛛丝从遥远的上空垂到眼前。他双手抓住蜘蛛丝爬了起来，一心想要逃出地狱。爬到高处时，他停下来歇了口气。然而往下一看，只见不计其数的罪人也跟在他后面爬上了蜘蛛丝……

犍陀多很烦躁。

为什么让我碰上这种倒霉事!

这是一个昏暗的世界，能听到的只有水声和亡魂的呻吟。

这里是血池地狱。

说是“池”，其实和池塘相去甚远。“池”给人的印象只比水洼稍大一点，但这里辽阔得无边无际。不过，这里本来就是为了关押不断被送来的罪人而存在的，普通池塘的大小显然不够。

血池很大，远处可以看到血海的海平线。人世间的海，海平线因为天空和大海的色差而清晰可见，但在血池地狱，红黑色的血池和漆黑的天空之间色差极小，所以海平线只能勉强辨认。不过，即使看到了海平线，也不会心情舒畅，因为那里只有阴郁的景色。

除此之外，能看到的就只有耸立在海平线外的针山了。因为距离太远，所以看不出它坐落在岛上还是大陆上。山上的针本应无法用肉眼看见，但奇怪的是，那无数根细长的针在犍陀多眼里清晰可见，散发出暗淡的光芒，并且许多针上都穿着罪人。

地狱里，亡魂们似乎会在需要的时候被赋予非同寻常的视力。尽管平时视野中一片模糊，但遇上了不想看的东西，反倒能看得格外清楚。

穿在针上的罪人们都在一边吐血一边挣扎。光是手指被针扎一下就非常痛了，而那些罪人被针刺穿了小腹、胸口、脸庞，真是名副其实的地狱之苦。有些罪人抓住针，正把自己的身体往上拉。他们大概是认为只要爬到针尖上，就能把身体拔出来。确实也有人成功了。

犍陀多打了一个哈欠。

徒劳的努力。

显然，拔掉针并不意味着后面就能有好事发生。为了不让针再度刺穿身体，必须持续不断地将身体抬起，那就只能抓住刚才刺穿自己的那根针。但是，针上都是罪人自己的血，很滑，于是针便慢慢从罪人身体的其他部位再度刺入。罪人大声哭号，乞求饶恕，但最终还是又被刺穿。

也有人为了不被刺穿，努力跳跃，远离针尖。但那样做并不能拯救自己。即使在地狱里，重力依然有效。罪人还是会落下去，在下面等待他的是另一根针。

不过，尽管如此痛苦，只要持续做这样的动作，有朝一日就能抵达针山的山麓吧。

许多亡魂都有这样的想法。拔出针和被针刺穿都十分痛苦，但他们为了逃离针山，还是坚持不懈地这么重复着。然而，没有一个人能逃离针山。在地狱里，人世间的常识和规律并不适用，有限的距离并不能通过有限的运动来跨越。在地狱里，即使是有限的距离，也有着无限的折磨。

为什么犍陀多知道这一点呢？因为他经历过。在来到血池地狱之前，他已经受过各种地狱的折磨，甚至都无法想象其间经过了多长的岁月。不知听谁说过，地狱里最短的刑期是一万六千六百五十三亿一千二百五十万年。他不记得自己在地狱待了多久，但肯定远远达不到这个长度，最多几百年吧。不对，痛苦时人们会觉得时间很长，实际上可能只有几年，甚至几天。

算了，不要再想时间的问题了。没必要自讨苦吃。

想起来了，是另一个罪人告诉了我这无聊的知识。他打死也不回答阎王的问话，所以一次次坠入地狱，最后还是不小心发出了声音。无聊的家伙，我不想变成那样。

犍陀多沉入血池。腥臭的血液从鼻子和嘴里灌进来，填满了胃和肺。淹溺在血里非常痛苦，不过和以前经受的地狱之苦相比，倒也算不了什么。也许血池地狱并非是为了在肉体上折磨罪人，而是在精神上。在肉体的痛苦略有缓和时，罪人便有了自我反省的余地。罪人此时会想象今后在地狱里的每一天，从而感受到加倍的痛苦与悔恨。

太蠢了。我才没那么软弱。

犍陀多感受到的并不是悔恨，而是强烈的愤怒。

“你作恶多端，生前没有弥补分毫，所以必须承受地狱的折磨。”阎王判决时说。

感觉那是很久以前的事了。在不分昼夜、没有冬夏的地狱，无法计算时间。不过，犍陀多完全不认同这个判决。他心中毫无悔意，觉得自己只是遵从内心做了想做的事而已，凭什么要受这样的惩罚？

犍陀多十岁左右时，毒打了年幼的妹妹，原因他已经记不清了。那时家里的房子破旧不堪，建房的木头已经腐烂，仿佛一碰就会倒，屋里散发着令人作呕的恶臭。

他把一个劲儿求饶的妹妹踢倒在地，又狠踹她的肚子。他清楚地记得妹妹肚子凹陷，大概是因为没吃东西。他自己的肚子也差不多，这让他更加烦躁，又狠踹了好几下。

妹妹哇的一声吐出了胃液。

这又惹怒了犍陀多，他更加用力地反复踢踹妹妹的肚子。

胃液的颜色慢慢变成了血红。

“住手，犍陀多！”瘦成干尸一样的女人紧紧抱住他。现在回想起来，那是他的母亲。

犍陀多怒气冲冲地揍了母亲。

妹妹没了动静，她瞪着眼睛，一动不动，嘴里也不再冒血。

原本躺着的男人站了起来，他衣衫褴褛，骨瘦如柴，看上去弱不禁风。

“你干什么，犍陀多?”男人无力地说，“要打就打我吧。生病养活不了家人是我的错。”

犍陀多觉得父亲的话没错，所以朝他的脸正中狠狠打了一拳。

咔嚓一声，父亲的鼻子陷了进去。

父亲也不再说话，仰面倒下，双手摆弄着脸，像是要把鼻子掰回来。很快，他的动作幅度越来越小，最后不动了。血从凹陷的鼻子里涌出来，淹没了鼻子和嘴巴。

“啊！孩子他爸!”母亲跌跌撞撞地来到父亲身边，摇晃他的身体。当然，父亲没有任何反应。

“你干什么！！”母亲怒视着犍陀多。

犍陀多对母亲的无理指责火冒三丈。

他叫我打他的，说得很清楚。我只是照他说的做了，可是这个女人还骂我，像是我做了什么坏事。她应该付出代价。

犍陀多抓住母亲的头发。

母亲尖叫着想要逃走。

不承认自己的错，还想逃走。看到她这副样子，犍陀多愤怒到了极点。他用尽全力扭动母亲的脖子。

咔嗒一声闷响。

母亲突然没了力气，手脚都垂了下去。

只剩下犍陀多一个人站着。

家人都流出了臭烘烘的粪尿。

犍陀多和死去的家人们生活了一段时间。因为之前一直依靠母亲，所以他不知道该怎么靠自己生活。过了三天，肚子实在饿得受不了了，他决定吃掉面前的东西。尽管这些东西臭气熏天，但腐烂得恰到好处，很容易咬断。犍陀多吃了这些东西却没得病，可能是因为运气好，可能是因为他的肠胃异常强韧，也可能是因为旱季阻止了进一步腐烂。

总之，犍陀多又活了一个多月，也有了相应的自信。

他走出家门，找了一些和自己相同的孩子做伴。当然，也有人不听他的，他就杀了他们，吃进肚子里。看到这幅情景，其他人要么立刻成为他的同伴，要么逃得越远越好。

犍陀多就这样长大了。他的同伴基本上维持在十个人左右，基本没有增加。人数一多，争执也会变多，要么被杀，要么逃走。

他们一起游荡，找到村子就去抢。把男人、老人和孩子当场杀掉，年轻女人先蹂躏再杀掉。然后大吃一顿，把村子烧成废墟。

人们把犍陀多这伙人视为罗刹、夜叉，不过他们毫不在意。同伙中也有女人，有些还生了孩子。不知道那是犍陀多的孩子还是其他人的孩子，总之犍陀多把那些孩子也收为手下，谁反抗就杀了谁当口粮。

有天夜里，一名手下想趁犍陀多睡着的时候砍下他的脑袋，自己当头领。这名手下可能是犍陀多的儿子，但犍陀多还是毫不犹豫地杀了他。接着，他们分成两派厮杀起来。

在这场激战中，犍陀多杀红了眼，不分敌我，杀光了所有人。

只剩下自己的犍陀多，独自一人袭击了附近的村子。他的外貌变得像野兽一样，单是看到他的样子，人们就吓得发抖，失去了斗志，所以这次袭击比平时更轻松一些。

极恶的犍陀多，杀起生来，仿佛呼吸一般自然。

有一次，他在森林里看到了一只蜘蛛。

犍陀多肚子很饿，所以想快点去抢村子，因而没有管蜘蛛，直接走了过去。但是走出几步之后，他改了主意，转身回到蜘蛛旁。

犍陀多踩扁了蜘蛛，用力在地上踝碎。

即使是小小的动物，如果没有理由地放过它，感觉就像是在否定自己。

我是犍陀多，再小的生命也不放过，我是无懈可击的。

我做尽了坏事，但那是唯一一次我可以不作恶的机会。如果那时候我没有杀那只蜘蛛，现在所受的地狱之苦会不会稍微轻一点？

这时，犍陀多竟有了一丝悔恨之心。虽然十分细微，但这是他有生以来从未有过的感情，这种感情让他困惑不已。他的脑子一片混乱，晕头转向。

之后，犍陀多陷入了昏迷，沉到了血池深处。

“喂，乙骨，过来一下！”课长怒吼道。

乙骨宽太按捺住想要逃走的心情，从椅子上站起身，走向课长的位置。

“你算的是什么？”课长敲打着桌上的一叠纸。

“是这次审计要给税务师看的资料。”

“我问的不是这个！”

乙骨也知道问的不是这个，但他不知道怎么回答，计算应该没有问题。

“你进公司几年了？”

“啊……大概一年吧。”

“上家公司几年？”

“二十年……吧。”

“你在职场也算是轻车熟路了，怎么这么没用！”

“嗯……”乙骨只能默默低下头。

“算了，我算是知道你为什么被上家公司裁掉了。”课长讥笑道。

“嗯。”乙骨也笑了，他握紧了拳头。

不是裁员，乙骨是自己辞职的。

当时乙骨在人事部，负责的正是裁员工作。如今不能像以前那样，想裁谁就裁谁了，想辞退员工，需要使用各种手段。首先是面谈，说明主动辞职的好处。如果对方没有反应，就强调留在公司没什么益处。如果还不辞职，就暗示要降他的职，把他调到偏远的地方。这样还不行的话，就真的降职远调。到了这一步，已经是在打法律的擦边球了，但还是有很多人不肯辞职。

“找他碴儿。”当时的上司明确地说，“打压他，逼他辞职。”

“那不是违法的吗？”乙骨说。

“什么意思？你要告发公司？”

“不是的。我是说，整个公司打压一个员工，不好吧？”

“又不是整个公司，没问题的。”上司一本正经地说。

“什么意思？您刚才说的不是工作指示吗？”

“不是，是你自己想这么做。”

“啊？”

“接下来会把他调给你做部下。你自己去打压他，逼他辞职。”

“我不会那么做的。”

“不，你会。”上司恐吓道。

“如果我因此被起诉，那怎么办？”

“你负起责任就好了。”

“你是让我给公司背黑锅？”

“这就是员工的职责，还需要说吗？你不明白吗？”

乙骨不知道该如何回答。面前这个人说的是一件既违反法律，又违反道德的事。

“怎么了？你怎么不说话？”上司好像没耐心了。

“我觉得……自己担子很重。”

上司凑近乙骨的脸，低声说：“你要拒绝？”

“不是拒绝不拒绝的事。”

“如果你敢拒绝，那被打压的就是你了。”

乙骨打了个寒战。从上司的表情看，他是认真的。

乙骨什么也没说，就这么离开了。

那天，他一直坐在桌前思考。回到家，和妻子商量之后，第二天去总部拿了辞职申请表，签名盖章，交给了上司。

上司狠狠瞪了乙骨一眼，默默取出印章盖上，还给了乙骨。

乙骨用颤抖的手接过申请表时，上司一脸厌恶，清楚地骂了一句“废物”。

那时候，他觉得自己无法欺负别人，也无法忍受被别人欺负，所以没有考虑后果便辞职了。幸运的是，妻子的工作很顺利，所以经济上一时没有陷入困境，但房贷当初是以两个人的收入来估算的，现在就成了沉重的负担。

虽然想了各种办法，但过了四十岁，就很难找到工作了。

在年底的同学会上，他忍着羞耻，请求几个朋友帮忙找工作，但没有人爽快答应，只有一个人给了他含糊的答复。

乙骨问他有没有工作机会时，对方犹豫地说：“有倒是有。”

那个朋友就职的公司常常会把退休或者多余的员工塞给分包公司。因为走的不是正规流程，所以趁乱多塞一个人也不是不行。

虽然不是什么好工作，但也别无他法。乙骨向朋友下跪，请求他设法让自己进入那家公司。

他顺利地进入了分包公司。

一开始，公司里的人对乙骨都很亲切，但当得知乙骨不是发包方的人之后，态度立刻就变了。

有时候甚至开口骂他，说他这种来路不明的家伙怎么混进来了。

看来在这里也待不长。乙骨这么想的时候，老板把他叫去，说他不适合这家公司，问他要不要考虑跳槽。如果想跳槽，可以给他介绍。

乙骨本以为自己会被直接解雇，没想到老板还给自己介绍工作，这倒是意外之喜。

乙骨马上接受了跳槽的建议。

跳槽去的公司是分包公司的分包公司，即二次分包商。工作地点是乡镇工厂附属的一间小办公室，他的工作内容与财务相关。然而，这家公司从一开始就没给他好脸色看。

乙骨完全没有财会方面的工作经验，多次向课长请教，但课长每次都很不耐烦，所以他不得不自己一点点学习。

当他好不容易熟悉了工作后，他开始意识到这家公司的报表经常出现大额误差。他以为那些都是单纯的错误，所以做了修正。结果，课长怒气冲冲地把他叫了过去。

“这世上有些规矩是默认的。”课长咚咚地敲着桌子。

“对不起，我不太明白您的意思。”乙骨老老实实地问。

“这个数字是你篡改的？”

“啊？”乙骨看了看课长指的数字。

那是与发包公司的交易额。交易额显示，这家公司从发包公司购买了数亿日元的零部件。

“啊，这个是我改的，因为没有这笔交易。”乙骨笑着回答，他仍以为这是单纯的错误。

“你是认真的？！你这么一改，这个数字不就很显眼了吗？全部重做一遍！”

“啊，这个数字……”乙骨打算再解释一遍。

课长一把抓住乙骨的衣领。“喂！你到底想搞什么？！”

“对不起，我真不知道这是怎么回事。”

“发包公司快要进行财务结算了。”

“是的。”

“但他们今年是巨额赤字。”

“嗯。”乙骨还不明白是怎么回事。

“所以，我们从发包公司那边买了这些零件。这样一来，他们的账面就是盈利的了。”

乙骨很困惑。“可是，我们没有收到这些零件。而且我们既没理由，也没资金买这么多零件啊。”

“预定计划就是等他们结算一结束就退货，所以一开始就不用交货。资金也只是账面上的流动。”

乙骨还是不明白。

发包公司没有盈利，但把零件卖给我们就能扭亏为盈，这个可以理解。但是我们没有买这些零件的资金和理由。付这么多钱出去，公司马上就会破产。

所以，让发包公司把零件再买回去就没问题了。但是，以退货为前提的购买，到底有什么意义？

这对我们公司没有好处，对发包公司也没好处。卖掉的零件退回来就是没卖掉，当然也没利润。就算有利润，也只是在结算的那一刻。

……

等一下，账面只在结算时显示盈利……

“这不就是做假账……”乙骨惊讶地脱口而出。

课长一拳打在乙骨的胸口。

“呜。”乙骨弯下身子，口水吧嗒吧嗒往下流。

“话别乱说，你这废物！”课长抓住乙骨的头发。

“发包公司是上市企业，你知道吧？”

“知……知道。”乙骨强忍着疼痛和恶心，勉强回答。

“如果出现赤字，股价就会暴跌。如果赤字持续超过一年就会强制退市。你明白吗？强制退市！”

“明……明白。”

“你知道那会造成多少损失？你负得起这个责任吗？”

“可是……”

“可是什么？”

“为什么发包公司的赤字要由我们来解决？”

“你脑子进水了吗？天底下就是这个规矩。你的年纪长到狗身上去了？”

“根据规定，做假账……”

课长又往他的胸口打了一拳。“叫你别提那个词！”

“……会连累我们的。”乙骨弓着身子，拼命挤出这句话。

“早就连累了。没有发包公司的订单，我们立刻就会破产，一天也开不下去，公司的所有员工都会流落街头。你负得起这个责任吗?”

“那不是我的责任……”

“这已经是你的责任了。如果你自以为正义，跑去告发，公司当天就会倒闭。”

“可是，假……”

课长又举起拳头。

“那个……如果这种特殊交易暴露了，我们也会破产吧?”

“是啊。但如果不听发包公司的话，我们也会破产，只是选哪个的问题。我们只能赌一把。”

说得冠冕堂皇，其实是一派胡言。为了自己活下去而为非作歹，这是错的。

“为了活下去，要做到这个地步……”

“别说漂亮话了!”

“漂亮话?”

“你这么做不就是为了满足自己的正义感吗？为了自我满足，导致公司破产，全员失业，你的良心不会痛吗？”

“可是，那不是我的责任……”

“别说得好像和你无关！什么叫正义？！把公司维持下去，让公司继续发展，这不就是员工的正义吗？！”

乙骨感到迷惘。确实，如果他去告发，发包公司可能就会撤销订单，导致这家公司破产。但是，为了维护公司和员工而违反法律，能算正义吗？

“说到底，”课长接着说，“你知道我为什么让你这个废物进公司吗？”

“是我朋友介绍我去了上一家公司，然后从那边……”

“我才不管你朋友是谁，说实话这些人我连名字都记不住。重要的是，他是发包公司的员工。如果不按他说的做，天晓得他会搞出什么事。但是，对我们这么个小公司来说，多给一个员工开工资，负担可不小。雇你一个人就足以造成经营危机了。”

“原来是这样，实在对不起。”

“你仔细想想，你本来就是发包公司硬塞进来的，雇用你的行为本身就不正当。”

“这……”

“在不正当行为中受益的人，却在这里指责不正当行为，不合理吧？难道不是应该报答不正当行为吗？”

“报答不正当行为……我不明白。”

“就是说，你要报答公司，或者报答我也可以。”

“老板知道这件事吗？”

乙骨几乎没和老板说过话，只在刚进公司的时候寒暄过几句，而且对方很敷衍，一直在玩手机，头都没抬。印象中，老板不像是个有手腕或一步步从底层熬出来的人，像是个小富人家的第三代。实际的经营者大概不是他。

“当然知道……不过，”课长像是突然想到了什么似的说，“绝对不能直接和老板说这些。要当作老板不知道，否则万一有事，后果不堪设想。”

老板真的知道吗？乙骨很怀疑，说不定是课长在自作主张。不过这些都无所谓了。

如果自己不做坏事，这家公司就会破产，这恐怕是真的。就因为自己不想做坏人，让公司破产、员工失业，这是自私吗？

视角不同，正邪不同，常见的例子就是战争。某个国家的正义，对另一个国家来说就是邪恶。即使是在一个国家内部，只要法律变了，善恶立场也很容易互换。而某些行为虽然违反了法律，却能让某个群体获得幸福。

“听好了，我不是让你去偷东西，去杀人，只是在账目上动点手脚。而且之后会把退货的事写清楚，就算是撒谎，也只是临时的。这样谁都没有损失，发包公司没有赤字，我们也能继续做生意。”

“但是，银行和股民呢？”

“假账败露的话，会引起银行和股民的愤怒。但其实，他们心里也希望公司做假账就做得好一点。如果做假账被发现，公司业绩萎靡，甚至破产倒闭，银行收不回贷款，股民手里的股票也会暴跌，变成废纸，没有任何好处。如果假账做得好，发包公司和我们、所有员工、银行、股民，大家都能获得幸福。只要不去遵守某个官僚拍脑袋想出来的法律，就能有这么多人幸福，你有什么理由不这么做呢？”

乙骨开始觉得课长说的颇有道理。不过另一方面，他内心也有个声音在说：别上当，如果这件事没有任何问题，就不可能被法律禁止。

“每家公司都这样。如果这点事情你都做不到，那你去哪儿都找不到工作。社会人总要学会随机应变。”

真的每家公司都这样吗？据说在泡沫经济时期，开发商大肆篡改建筑密度，因为大家认为不那么做就建不了房子。路上很多汽车都稍稍超速，因为有人认为只有那样才能保持道路通畅。法律规定只有年满二十岁才能饮酒，但在乙骨年轻的时候，大家高中一毕业就开始喝酒了。真的是这样吗？法律禁止做假账，但实际上大家都在做吗？真是这样的话，老老实实做结算岂不是很吃亏。但这要怎么确认呢？去问证券交易所或地方检察院的话，得到的答复只可能是“做假账是违法的”，而且还会打草惊蛇，发包公司和这家公司说不定都会被调查。对了，漫展上展出的大部分作品都是未经授权的二次创作，但据说只要不去问作者和出版社，就算是默许。可能真是这样吧。

就算败露了，自己也是按照老板或课长的要求去做的，不至于被定罪。这样的话，又何必较真呢？自己只是公司的一颗螺丝钉，只管服从命令就行。

想来想去，想得头晕。面对这类情况，乙骨向来难以下定决心。

“明白了。”乙骨用蚊子叫般微弱的声音说。

“报表你会重做的吧。”课长威胁般地说。

“好的，稍后就去。”

“稍后？！你说什么？！审计就在下周！”

“明天……我明天交给您。”乙骨决定先争取一点时间。

修改只需要几个小时，可以慢慢考虑到明天中午。如果考虑的结果是该做，那就做，如果是不该做，那……那就向课长道歉，说自己做不到。那应该会被痛骂一顿，但不至于被开除……应该不至于。

“你摆什么臭架子……算了，行吧，明天一定要改好。”

于是，乙骨早早下班，回到了家。

妻子还没回来。

算了，反正这种事情也不能和她商量。

但是，乙骨不知道除了妻子还能找谁商量。

为了整理思绪，他来到书房。

说是书房，其实只有乙骨自己这么叫。这里原本的功能是储藏室，只有五平方米左右。家里没有房间存放乙骨结婚前收藏的物品，所以他在阳台上放了储物柜，把这里当作自己专用的储藏室。为了欣赏自己的藏品，他一天要进来几趟，沉浸其中。后来他干脆搬来小桌椅，把这里叫作书房。

一开始妻子以为他在开玩笑，还觉得有趣，后来发现他是认真的，就不再提了。也许她觉得丈夫确实需要这样一个地方来维持精神稳定。

说是收藏，但乙骨的藏品既不统一，也无关联。他只是在不断搜集自己感兴趣或觉得稀奇的东西。

几十年前出版的儿童妖怪辞典、用途不明的厨房用品、价值不明但看上去很贵的油画、写着读不懂的汉诗的挂轴，甚至还有显像管电视等早已淘汰的物件。

有些东西如果进行鉴定，说不定确实挺值钱，但乙骨从没送去鉴定过。因为他知道，如果值钱还好，如果不值钱，自己肯定会相当沮丧。既然如此，还是不知道的好。

在别人眼里，这里是个堆满破烂的地方，但奇怪的是，乙骨在这里却能静下心来。

先平静下来，再仔细想想。

乙骨用脚把地上的东西拨开，腾出一块空间，盘腿坐在了地上。

他的膝盖碰到了一个东西，拿起一看，是个几厘米见方的塑料小盒子，上面有个转盘。

这是什么？

乙骨想了想，不确定自己是否见过。

仔细看它，只见盒子侧面有个小孔，像是什么东西的插孔。他把掉在附近的一副耳机插上去试了试，正合适。

这么说来，这应该是用来听什么声音的，但是在上面没找到开关，只有转盘和两根冒出来的导线。没有开关所以不可能是录音设备，如果是助听器的话也该有开关才对。

他在上面找螺丝，想看看能不能拆开，但没有找到，不过有一条缝隙将方盒分成了上下两部分。他试着双手抓住上下两部分用力一拽，盒子就开了。里面只有线圈、几个小零件和将零件连起来的导线，转盘连在线圈上，看起来是个特别简单的电子设备。把这东西作为商品出售无异于诈骗。

乙骨盯着它的内部看了半天，突然灵光一闪，从记忆之海的底部浮起了一个名字。

矿石收音机。

矿石收音机是非常古典且基础的收音机，经常被用来作为儿童的手工作业。它可以将模拟信号的无线电波转换成能直接用耳机收听的电子信号，并能利用电波本身的能量工作，不需要电源。当然，距离遥远或功率较小的广播电台是收不到的，只能收到距离近、信号强的无线电波。

这是什么时候买的？

乙骨想了半天，不记得最近自己买过这样的东西。要真是买的，那八成是小时候用零花钱买的或是缠着父母买的。

乙骨看着矿石收音机，不知道它现在还能不能用。

虽然东西已经很老了，不过它结构简单，没什么能损坏的地方。乙骨在房间里找了一圈，找到一根几米长的导线，可以用来做天线。他打开窗户，探出身子，把导线的一端挂在阳台外，然后伸手把另一端挂在了对面的树枝上。因为不需要电力，所以天线要足够长。天线的角度也有影响，不过他不知道附近广播电台的位置，所以姑且先试一试。

乙骨把临时天线接到矿石收音机的天线接口上。

他按捺着内心的激动，戴上耳机。

他仿佛听到了什么，但又感觉是自己体内的声音。他试着转动转盘选台，但还是听不真切。

出故障了，还是信号太弱了？

乙骨又找到一根导线，这次他把导线的一头插进插座的地线孔里，另一头插进收音机的地线接口。增加接地线有时能增大电流，从而听到声音。

他再次把耳机塞进耳朵，还是什么都听不到，便随便转了转转盘。

一瞬间，他听到了些细微的沙沙声。

他把转盘转回去，又听到了。

转了几次后，他发现当转盘转到某个刻度的时候就能听到声音。看来这不是单纯的噪声，应该是捕捉到了某个电台的无线电波。

乙骨小心翼翼地转动转盘，尝试捕捉信号。

沙，沙，沙，沙，沙，沙，沙，沙，沙，沙。

调来调去总是差了一点，不过总算调整到能听见声音的状态了。

沙沙沙沙沙沙沙沙沙沙沙沙沙沙沙沙沙沙沙。

听着不像音乐，也不像人声。

也许不是无线电，而是附近的某台机器发出的噪声。

乙骨打算转动转盘，去找找其他无线电波，就在这时……

“有人吗？”

噪声忽然变成了一句话。

乙骨听得不太清楚，很可能只是噪声凑巧听着像人说话而已。但如果转了转盘，可能下次就调不出来了。

乙骨闭上眼睛，将所有的注意力都集中在耳朵上。

“有人的话回我一声？”

声音太小了，怎么都听不清。像是人声，也像是幻听。

如果不是幻听，那会是什么呢？

乙骨很疑惑。

可能收到了业余无线电爱好者的信号。不过，业余无线电台和广播电台的电波频率完全不同，矿石收音机应该收不到。这是广播电台的广播剧？要不去查查报纸上的电台节目表？

“你是谁？”

“这话该我问你。”乙骨下意识地嘟囔了一句。

“果然有人，你也是亡魂？”

乙骨吓得浑身一颤。

对方竟然接上了自己的话，时机也卡得刚好，就像是广播剧的配音演员在回答自己的喃喃自语一样。当然不可能有这种事，矿石收音机没有发送信号的功能。不对，从原理上讲，如果大声说话，声音也许能变成电子信号，进而变成无线电信号，但那样的电波信号太弱了，不可能收到。

“真是吓了我一跳。”

“我也是。”

恐惧使乙骨发不出声音，甚至连动都动不了。他意识到自己连呼吸都屏住了，于是强行做了几个深呼吸。

这是什么情况？是谁的恶作剧吗？要是恶作剧，还真是费了一番功夫。对方要观察我的行动，用特定的电波频率发送相应的话，这在技术上是可行的，但有一个成立的前提，即预测到我会收听这台收音机。难道有个人一直在等我收听这台收音机？这不可能。

“你是谁？你在骗我吗？”乙骨一边环顾四周一边说。

“我是犍陀多。我没想骗你。我连你是谁都不知道。你是谁？差不多可以告诉我了吧？”

“我是乙骨宽太。你做这种恶作剧，到底有什么目的？”

“恶作剧？我不懂你的意思。”

“你不是在用无线电和我说话吗？”

“无线电？”

“你想说你不知道什么是无线电？装傻装过头了吧。”

“不明白你在说什么。你到底在哪儿？”

“我在这里。自己家，自己的房间。”

“自己的？这么说，你在人世？”

人世？他在说什么？是想说自己不是人吗？

“当然啊，你不在人世吗？”

“啊，是啊。我是地狱的亡魂。”耳机里传来几不可闻的声音。

乙骨感觉到一种无法言喻的诡异气息。他脊背发凉，同时又全身冒汗。

别上当，这肯定是恶作剧。

乙骨坚定地这么告诉自己，但“这声音来自地狱深处”的念头却挥之不去。

“我……我根本不认识你。”

“我也是。”

“那你为什么要回人世来找我？”

“我没打算找你。再说，我回去了吗？”

“我不知道。可能只有声音回来了。”

“是吗？我只有声音回到了人世啊。”

“为什么会这样？我和你明明毫无关系。”

“我也不知道为什么。可能这是地狱的惩罚之一吧。”

“地狱的惩罚就是让你和人世间不认识的人对话吗？”

“也可能是佛陀的指引。”

“佛陀？”

“你不知道吗？释迦如来。”

“我知道。这么说，你是在佛教的地狱？”

“我不知道你在说什么。地狱就是地狱。”

“每个宗教都有不同的地狱形象。基督教的地狱，是在末日审判之后把不信神的人丢去的地方。神道教的黄泉国，是地下的死者之国，不见得是受惩罚的地方……”

“我现在就在地狱，你说的这些对我来说无关紧要。”犍陀多打断了乙骨的话，“如果是佛陀的指引，那么你应该能为我做点什么，快做吧。”

“就算你这么说，我也不知道该怎么做。一切发生得太突然了，而且我根本不相信你的话。”

“相不相信没关系，但我要想得救，可能必须要你帮忙。所以你要怎样才能相信我？”

“那么，不要光有声音，能给我看看地狱的样子吗？”

“我倒是很想给你看，但我不知道怎么才能让你看到。就连我的声音，我也不知道你是怎么听到的。”

“那你让我听听别的声音，除了你的。”

“你想听什么？”

“这个……别的亡魂的声音怎么样？”

“你没听到？”

“什么意思？”

“亡魂的呻吟都快把我耳朵震裂了。”

“我一点都没听到……”

“你仔细听，我不说话。”犍陀多沉默了。

什么都听不到了。不，严格来说，乙骨听到了比犍陀多的声音更小的噪声，不知道是不是耳鸣。

他集中精神去听那噪声，听到了无数藏在噪声中的模糊的声音。

“啊啊啊、呜呜呜、疼死了、好难受、都是他的错、我诅咒你、烫死了、好难受、杀了我吧……”

男女老少各种声音混在一起，充满了巨大的愤怒与痛苦。

“哇啊！”乙骨惨叫起来，他从耳朵里扯下耳机，把矿石收音机远远扔出去。

刚才那是什么？无聊的恶作剧吗？但是要求听亡魂声音的是我，他怎么可能立马就准备好这么恐怖的声音？

乙骨望着收音机，眼神像是在看某种禁忌之物。

这么可怕的东西，干脆马上把它砸碎扔掉。

他朝收音机伸出手去，但又停了下来。

可是……

毁掉它不就等于放弃了证明自己没听到那些声音的机会吗？这反而证明了自己相信那些声音是真实存在的。

那声音——地狱亡魂的声音，会不会是从自己心里发出来的？也许是良心给自己的警示？

乙骨全身被汗湿透。他走出书房，在客厅里呆坐了半晌，妻子回来了。

“怎么了，灯也不开？”

确实，天已经完全黑了。

“啊，忘了，我在想事情。”

“想事情？是工作上的事吗？”妻子有点怀疑地看着乙骨。

上一次换工作的时候妻子没反对，那是因为她觉得换个工作也不会影响工资。但事与愿违，新工作的薪水和上家的相比差不多少了一半。当然，妻子并没有明说，但话里话外都是不满。

另一方面，乙骨也有自己的一套说辞。

上家公司再怎么说也是大公司，而现在的公司，就算恭维也说不上是中小企业，最多只是个微型企业。在上家公司，算上非正式工时期，好歹有二十年工龄。而现在，差不多相当于实习期，工作内容又是自己毫不熟悉的财务。要是这样都能拿高工资，那简直是奇迹。

不过，之所以陷入这样的状况，终究是因为乙骨对上家公司的不满，所以他没法理直气壮地反驳妻子。

妻子没说话，像是在等乙骨回答。

她似乎也感觉到乙骨对新工作有所不满，所以害怕乙骨又说要换工作。这把年纪了，不到一年就辞职，下份工作会更加难找。虽然妻子还有收入，不至于穷困潦倒，但房贷的偿还会难以为继。最坏的情况可能是把房子卖掉，去别处租房子住。

应该诚实地告诉她公司要我做不法勾当吗？我无法忍受良心的谴责，甚至产生了幻听。我要是说实话，她应该不至于让我去犯罪。

可是……

如果说出实话，自然就会连累她。

“与其做那种事，还不如辞职算了。”

我是不是想让她说出这句话，来转嫁自己的责任呢？结果就成了她做的决定，我只是听她的话而已。

不能和她说。

乙骨话到嘴边，又咽了下去。

“不是，刚才在书房找到个好玩的东西。”

“书房？”妻子皱起眉。

对了，妻子不喜欢“书房”。所以乙骨平时都会尽可能避开这个话题。所以与其说公司的事，还是说说书房转移话题为好。

“那个书房差不多也该收拾收拾了吧？”

没想到妻子这么直接。乙骨本来也想到她快忍不住要提了，但没想到会在今天提。

“收拾什么？本来就是储藏室，乱一点也正常吧。”

“储藏室？你刚才还说书房。”

“也是书房。储藏室兼书房。”

“到底是储藏室还是书房？一会儿当书房，一会儿当储藏室，想一出是一出。”

“嗯，我会收拾的。”

“你想怎么收拾？”

“整理干净。”

“整理干净是什么意思？”

“整理干净就是整理干净。好好整理、装箱、堆整齐……”

“扔吗？”

“扔什么……”

“你那些宝贝啊。”妻子的眼神很认真。

“知道了，整理的时候我会扔掉一些。”

“一些？”

“总不能让我全扔掉吧。那些……那些是我人生的意义所在。”

“哦。”妻子看起来并不认同。

被迫做假账的事更难说出口了。如果再说出神秘无线电的事，她很可能认为我在耍她。

乙骨草草结束了和妻子的交谈。他躺在床上，庆幸自己没有告诉妻子。思来想去，他开始思考自己所肩负的守护家人幸福的责任。

守护家庭不也是正义吗？

最终，乙骨一夜无眠。

第二天，一到公司，课长马上就过来了。

“昨天说的事情，什么时候能做好？”课长在乙骨耳边低语。

“再稍等一下，需要准备很多事。”

“你把误改的数据全都删掉，再重新输入就行了。马上开始吧。”

真有这么简单，你自己做不行吗？乙骨心里这么想，当然没有说出来。

“我也是这么想的，但有点担心交易日期和编写日期有偏差。”

“那个只要改一下电脑时间就行了吧。”

“真的那么简单吗？”

“什么？！”课长大概觉得乙骨在顶撞自己，语气变得强硬起来。

“我不熟悉电脑和软件，没有信心。万一审计的时候发现数据自相矛盾，那就糟了。”

“啊？这样吗？”

“所以说我不懂电脑啊，连这个都不知道。我要从头开始学。”

“从头开始学？你有这个闲工夫吗？今天能弄好吗？”

“要不要问问财会软件的生产商？那样估计马上就能搞清楚了。不过他们可能会怀疑我们为什么要问这种问题，而且也可能留下咨询记录。”

“那可不行，”课长额头渗出汗珠，“知道了，你晚点开始也行，总之今天要完成。”

乙骨来到自己的位置，立刻启动财务软件，拿出操作指南开始操作。

实际上，乙骨在上家公司做人事管理时用过类似的软件，所以他知道编写日期的数据很容易修改。他说不熟悉软件，只是为了争取时间。

课长在自己的座位上一直盯着乙骨，大概是在监视。

乙骨重复着毫无意义的操作，拖延时间。

终于到了午休时间，乙骨出去吃午饭。

他想拿出钱包，但是手伸进口袋里的时候发现不对劲，摸到的不是钱包。他拿出来一看，是昨天的矿石收音机。不知道怎么回事就把钱包和收音机拿错了。

这样子吃不了饭了。

乙骨没了办法。既然吃不了饭，到了外面也没用，不过他也不想回公司。

乙骨不太了解这块区域，他平时只在车站、公司和餐馆之间往来。

现在倒是个好机会，不妨在这里散散步吧，他想。

接下来要做的事会很烦闷，现在应该努力放松心情。

乙骨来到街道上。

神奇的是，哪怕只是稍稍偏离平时熟悉的路线，整个街道看起来就会显得截然不同。

哟，原来这里还有一条河啊。

乙骨向那条河走去，发现岸边有个小公园。

他走进公园里。

大概因为是中午，公园里没有孩子。

他坐到长椅上，因为无事可做，便想玩玩手机，把手伸进口袋里时，又摸到了那台收音机。他取出收音机，盯着它看。

昨天到底是幻听还是别人的恶作剧？

要搞清楚是不是幻听估计很难，至于是不是恶作剧，应该很容易确认。如果是恶作剧的话，肯定要趁着他在家的时候，不可能想到他会把收音机带到这个公园里。除非对方一直在监视他，等待他用收音机，这太不现实了。

长椅是金属的，所以乙骨把天线系在突出的金属配件上，把耳机塞进耳朵。

“犍陀多，能听到吗？”

“能啊，问这个干什么？”

乙骨差点把收音机扔掉。

这样看来，不是恶作剧。那么，这要么是自己的幻听，要么是真的连上了地狱的亡魂。

“你一直在等我？”

“什么意思？”

“距离昨天晚上说话的时候，已经过去好久了吧？”

“昨天晚上？这里没有昼夜，一直都是无聊的刑罚。”

“我这里已经过了十二个小时以上了。”

“是吗？完全没注意。可能我这边和你那边的时间流速不一样，也可能我在这里待的时间太长了，所以十二个小时就和一转眼差不多。”

“不管怎么说，没让你久等，我就放心了。”

“那么，你决定要为我做点什么了吗？”

“抱歉，我自己的事情就已经忙不过来了。”

“好吧，不管是谁，都是把自己放在第一位的，很正常。不过，过了半天又来和我说话，你应该是想到了什么吧？”

“是啊，我自己也挺奇怪的，不过感觉听你说说自己的故事好像也不错。”

“我的故事很无聊的。”

“那也要听了才知道。说起来，你是因为做了什么坏事才下地狱的吧？偷东西？杀人？”

“都做过，而且做了几百上千次。”

“太夸张了吧。”

“不，是真的。最早杀的是妹妹，只有两三岁，还有我父母。杀了以后，我还把他们吃了。”

犍陀多开始讲述自己的身世，那是个令人毛骨悚然的故事。如果在现实中遇到了犍陀多这样的人，乙骨肯定会不寒而栗、深恶痛绝。但是，他和犍陀多之间的联系只有声音，所以觉得不太真实，感觉像在读小说、看电视。

“这么说来，你干了十恶不赦的事，那下地狱也是应该的。”

“别说这种落井下石的话啊。”

“但我确实没听说有谁干过像你这么残酷的事。”

“那是因为你的世界很幸运吧？”

“幸运？这里？根本不是。这里就是人间地狱。为了苟活下去，要受尽痛苦。”

“不用杀人就能活下去吧？”

“那是当然。”

“我那个时代可不是。你的时代，不用吃人也能活下去吧？”

“那不是当然的吗？”

“那不是天堂一样的生活吗？”

“不用杀人，不用吃人，就是天堂了？”

“那不是当然的吗？”

“你其实也不想杀人，不想吃人？”

“不。说实话，我喜欢杀人，也喜欢吃人。”

“你瞧，还是你自己的问题。”

“但是，如果生活在你的世界，我可能就不喜欢了。”

“你是说都是环境的影响？”

“我为了活下去，只能杀人，所以并不后悔。不过，只有一件事我一直难以释怀。我枉夺过一条生命。”

“你妹妹？”

“她惹恼了我，死了活该。不是她，是一只和我毫无关系的蜘蛛。我有时候会想，当时如果没有踩死它，不知道会怎么样。”

“你不是杀了上千人吗？”

“可能有上万人吧。但是，他们和蜘蛛完全不一样。我杀人是为了生存，为了吃。强奸也是为了满足欲望。但是蜘蛛不是，我杀它毫无意义。”

“抱歉，我无法共鸣。”

“无所谓。不过，有时候我会想，如果那时没杀那只蜘蛛，说不定释迦如来会在地狱上方的极乐世界中看到那一幕，因此把我从地狱里救出去。”

“什么乱七八糟的。极乐世界在遥远的西方净土，可不在地狱上面。而且极乐世界怎么会有释迦如来，应该是阿弥陀如来吧。”

“这些都不重要。那是我唯一一个行善的机会，我没把握住，很后悔。”

“你这就像‘一根葱’的故事。”

“葱怎么了？”

“是《卡拉马佐夫兄弟》里的一个小故事。有个老太婆，平生没做过一件好事，被扔进了地狱的火海。老太婆的守护天使希望拯救她，思来想去想到她曾经给过乞丐一根葱。于是守护天使向基督教的上帝汇报了这件事，申请救她。上帝同意守护天使用那根葱把老太婆拽上去，但如果葱中途断了的话，老太婆就要永远留在地狱里了。守护天使高高兴兴拿着葱去地狱，要把老太婆拽上来。就在这时，无数亡魂蜂拥而至，想要一起被拽上天堂。而老太婆忍不住……”

“那群亡魂真是无耻。”

“大概是吧。但是毕竟每个人都想获救。”

“行善的只有老太婆一个人，为什么要帮那些不相干的家伙？而且一根葱也撑不住那么多人。”

“‘正确’的标准是会变的。”乙骨叹了口气，“换个角度，恶行说不定会变成善行。”

“比如我吃人的事？”

“有什么角度能看出那是善行吗？”

“救了人命啊。”

“谁的命？”

“我的命。我的命也很重要，对吧？”

乙骨有点头晕。

犍陀多的话就是在强词夺理，但是怎么反驳他呢？所有动物都在剥夺其他生命，包括人在内。如果那是罪过的话，动物要怎么活下去？不光是动物，就连植物也会为了生存而杀死微生物，掠夺其他植物的领地。这样说来，活着本身就已经罪孽深重了。

乙骨呜咽了。

“你在哭？”

“人类罪孽深重。世上充满了痛苦。”

“你遇上什么痛苦的事了吗？”

“我要犯罪才能活下去。”

“能和我说说吗？”

“告诉你又能怎么样？”

“大概不能怎么样，不过我就是想听听。我……我想知道什么是罪过。我还是第一次有这种想法，可能是因为和你聊了天。”

这话从穷凶极恶的犍陀多口中说出，听得乙骨流着泪笑了起来。从某种意义上来说，犍陀多很纯粹。因为过于纯粹，所以能够毫不犹豫地作恶。

乙骨把自己的情况告诉了犍陀多。让犍陀多理解现代日本的公司组织架构实在费劲，不过乙骨还是耐心细致地解释了一遍。午休时间飞快过去，太阳已经开始西沉，乙骨还在说。

公园里来了很多小学生和带着幼儿的母亲，不过没人想靠近独自坐在长椅上不停说话的乙骨。

“你说的事情确实很复杂，不过我大致明白了。”

“真的？”

“就是说，你为了工作同伴，必须撒谎。如果你的工作没了，你的家人就会遇到麻烦。”

“嗯，没错。”

“我不知道这有什么好烦恼的。”

“刚才你不是还说你明白了吗？”

“你的处境我明白了。我不明白的是这有什么烦恼的必要。”

“那你说我该怎么办？”

“我不知道你该怎么办。”

“什么乱七八糟的。你都不知道我该怎么办，就说不必烦恼？”

“那当然啊。你该怎么办要你自己决定，问我有什么用？”

“那你说不必烦恼，又是什么意思？”

“该怎么办你自己决定就好，我只是不明白为什么烦恼。”

“这还不明白吗？我没法轻易做出决定。”

“随心所欲不就行了吗？要是我的话，就会这么做。”

“你不就是因为这样，才干了那么多坏事吗？”

“你想干的坏事根本不值一提。”

“你是说做假账不是重罪？你连日本的法律都不知道。”

“我不知道你们的法律，但你又不是去杀人，对吧？”

“啊，当然。”

“你的同伴——那个什么公司，也会受益？”

“没错。”

“你的家人也能平安无事。”

“是的。”

“那你还犹豫什么？”

是啊，我在犹豫什么？

“是法律。我可能会受到法律的惩罚。”

“那是为了你自己。”

“啊？”

“不想受法律的惩罚，是为了自保，不是为了别人。也就是说，那不是施恩。这和帮助蜘蛛、施舍乞丐大葱是两码事。”

原来，我想的始终都是自保，我考虑的都是哪个选择对自己有利。

乙骨既羞愧，又空虚。

什么是对的，该怎么做，他一无所知。

“不过，”犍陀多说，“重要的是你自己怎么想。”

“我自己？”

“我杀人无数，但是我一点都不后悔。因为杀人是有理由的。但是，踩死一只蜘蛛就没有理由。我自己说服不了自己。这件事变成了一根小小的刺，一直刺痛着我的心。”

“我无法共鸣，不过知道你要说的意思。”

“如果你能接受做假账，那就去做。那只不过是微不足道的小恶。但是，如果你接受不了，那还是不要做的好。不管怎么小，都会变成一根刺，一辈子……不，永远折磨你。”

太阳开始落山了。

孩子们和带孩子的父母都不见了。

天空逐渐暗了下去，冒出点点星光。乙骨凝望着天空，从夕阳望到繁星满天。

直接回家吧，不去公司了。

不，不行。我和课长约好了，必须和他说清楚。

“谢谢你，犍陀多。能和你聊聊，真是太好了。”

乙骨收起天线，把收音机装回口袋，返回公司。

公司里没人准点回家，大家都在默默工作着。有几个人瞥了乙骨一眼，马上又埋头做自己的事了。

只有一个人瞪着乙骨。

乙骨迎着视线，走向课长的位置。

“连个招呼都不打，你跑哪里去了？”课长挑起了眼角。

乙骨心中畏缩了一下，但想起犍陀多的话，又振作起来。

“我可不想一辈子被刺折磨。”

“啊？什么刺？”课长一脸诧异。

乙骨不小心把心里的话说出来了。

“我在公园里和朋友聊天。”

“朋友？你说什么呢？”

“我们聊了聊要不要做假账。”

课长握起拳头。

不过，在那拳头打到乙骨的肚子上之前，乙骨用拳头把它敲了下去。

“痛死了！你干什么！”课长捂着手腕说。乙骨的反击出乎他的意料，他没来得及防御，手腕狠狠挨了一下。

乙骨的心一点也不痛。

“这是正当防卫。”

“你给我记着！”课长的眼睛简直要喷出火来，“你赶紧去把今天的工作做完！”

“什么工作？”

“少废话！快做完！说好今天交给我的！”课长怒吼道。

员工们朝两人的方向看来。

课长察觉到大家的视线，稍微压低了声音说：“赶紧去做，一个小时内完成。”

“所以，是什么工作？”

“别装傻了。修改提交会计事务所的文件。”

“那份文件不需要修改。”

“你说什么？是那笔和复古未来公司的交易，我们买了他们的零件。”

“我不想在报表里写上莫须有的交易。”

“你说什么？这个玩笑可不好笑。”

“不是玩笑。我不想成为做假账的帮凶。”

“你这混蛋！”课长跳起来想打乙骨的脸，但是被椅子绊住，摔倒在地。他慌慌张张地爬起来，飞快地把椅子放回原处，装作什么也没发生。

乙骨轻蔑地看着他。

“你以为你是谁？”课长装出冷静的样子说。

“我不是谁。我只是公司员工，一个普通市民。”

“你不做谁做？”

“为什么非要让我做？”

“因为你最合适……”

“这件事关系到公司的存亡，对吧？”

“对啊，你不是很清楚吗？”

“这么重要的事，为什么交给入职不到一年的我来做？”

“那是因为……人尽其才。”

“不是吧。你平时不总是骂我不会做事吗？”

“那个……只是夸张的说法，不是真心的。”

“有好几位同事都很懂会计吧？为什么不让他们做？”

“不是懂就行，这件事很敏感……”

“你的意思是，知道的人越少越好？”

“是啊。人多未必能做好。这种事需要的是少而精。”

“那为什么你不自己一个人做呢？”

“我很忙，还有其他很多事要做！”

“有那么多比公司存亡更重要的事吗？”

“你什么意思？一直在跟我掰扯道理！不要瞎掰了！”

“那我来告诉你是怎么回事吧。课长，你是想把脏活推给刚入职的我。”

“工作哪有脏不脏的！”

“你是打算万一假账败露的话，让我一个人背黑锅是吧？自己不沾手，除了我，没人知道假账的事，就是为了这个吧？”

一直安静听着的员工们突然开始骚动起来。

“喂，你突然乱说什么！”课长慌慌张张地四下看了一圈，“我们到外面说。”

“这件事恐怕老板都不知道吧，所以你才叮嘱我不要对老板说？”

“不！必须得当作老板不知道，不然就糟……”

“不是吧？如果让老板知道你参与了这样的事，那才糟了吧？”

“没这回事……”

“那我现在就去和老板说。如果他本来就知道，那跟他说了也无所谓吧？”

“等等！”课长抓住乙骨，“就算你和老板说，他也会装作不知道。”

“我不介意。”

“等一下！”课长用力拉扯乙骨的手臂。

“看来要是让老板知道的话，你就难办了吧？”

课长一脸怒色，继而面无表情，随后突然笑了起来。

“啊，是的。假账的事老板不知道，是我一个人在搞。但那又怎么样？我是在保护这家公司。”

“这么做对吗？”

“当然对！我在保护这家公司所有员工的生活！”

“靠强迫员工做假账吗？”

“那你说怎么办？要是被发包公司列入黑名单，这家公司马上就会破产！”

“破产”这个词让在场的每个人都吓了一跳。

“没事的，”课长对大家说，“只要接受发包公司的要求就没问题，可以继续像以前一样做生意。”然后他又对乙骨说：“只要你闭嘴乖乖听我的话，一切都能圆满解决。收起你自以为是的正义感，不要连累大家。”

“连累大家的是课长吧？”

“你说什么？”课长的表情有点慌乱。

“发包公司为什么会要求课长做假账？”

“那……那是因为我在会计领域一直做得不错……”

“发包公司说，不帮他们做假账，就不给我们订单，这是真的吗？”

“这还用说吗？他们不开出这种交换条件，我也不会铤而走险。”

“两家公司的交易关系到整个公司的利益。只对课长你个人提出这样的交换条件，很不合理。”

“那是……”课长嘟嘟囔囔地说，“因为他们知道我热爱公司……”

“进公司的时候我听说过，我们公司有独家技术，生产出来的产品其他公司很难仿制。”

“没错，那是我们公司独有的技术。”

“既然这样，发包公司为什么不给我们订单？”

“那……那是因为……技术日新月异……”

“如果要用做假账来维持关系，他们应该去找老板，而不是找课长你吧？不管怎么想，都是找老板办事更方便。”

“你……你到底想说什么？”

“既然只向课长提出了这件事，那交换条件应该是和你个人有关。不知道是钱，还是发包公司的职位？”

课长脸色煞白。乙骨猜对了。

“好吧……算你一个行了吧。他们给的报酬比这里的退休金高多了。”课长的汗不停地往下流，“咱们一起把这事给办成。”

“我不要这种报酬。钱再多，良心上有根刺，一辈子都会受折磨。而且……”乙骨看了看周围，“大家都听到了，你能给所有人报酬吗？”

“啊！”课长捂住嘴，“都怪你。你搞砸了一切。发包公司要是破产，我们也跟着完蛋。”

乙骨耸耸肩。“不做假账就活不下去的企业，当然会破产。靠这种企业维生的企业也是。”

“那只是你自以为是的想法罢了。你这种假仁假义在社会上是行不通的。大家的生活怎么办？”

“想做你自己做，不要把我卷进去。”

“我要开除你！你被开除了！我有这个权力！”课长又对周围人说，“你们不许把这件事说出去。谁说出去我就开除谁。”

“你用什么理由开除我？”乙骨叹了口气。

“你想做假账。”

“想做假账的是你吧？”

“你有证据吗？你靠关系进来不到一年，而我为公司效力几十年，你觉得老板会相信谁？”课长露出狡诈的笑容。

唉，这个人无药可救了。这么多人都听到了，大家不会任他摆布的。不过这种事和他说了他也不会听。

乙骨灵光一闪，手伸进口袋里。

“如果把你刚才的话告诉老板，你觉得会怎么样？”

“哈，别吓唬人了，你又没录音。”

乙骨用拇指和食指捏着矿石收音机，从口袋里拿了出来。

“啊！”课长睁大了眼睛。

当然，矿石收音机没有录音功能，不过课长不知道。

“你陷害我？！”

“你自己决定吧。你一个人做假账也行，从公司辞职也行，开除我也行，做出你的选择吧。”

“你要逼我辞职？”

“不是。”

“如果我做假账，或者开除你，你就会起诉我，是吧？”

“我还没决定怎么做，到时候再说。”

“撒谎！你就是想陷害我！”

“我可以回去了吗？今天实在太累了。”乙骨把收音机装回口袋，转身就走。

“喂，等等，你们拦住他！”课长叫道。

没有人动。

“你们在干什么？他想把公司搞垮！”课长扑向乙骨，想抱住他，“录音机给我！马上砸掉！”

好几个员工动了。

“对，一起把他……哇！”

员工们抓住了课长，强行把他从乙骨身上拽开。

“你们干什么？！放开我！一定要拦住他，不然我就完了！”

课长果然不是为了公司，而是为了自己。

“谢谢大家。”乙骨向拦住课长的员工们致谢。

员工们也向乙骨点头致意。不仅是拦住课长的员工，房间里所有员工都朝乙骨点头致意。大家都一脸如释重负的表情。

太好了。后面的事情交给他们就行了。不管结果如何，都是大家一起做出的决定，我会欣然接受的。

乙骨踏上回家的路。

“我可能还会换个工作。”吃过晚饭，乙骨下定决心对妻子说。

“啊？”妻子差点从沙发上掉下来，“怎么又要换了？”

“上司让我做违法的事。”乙骨简单地说了一下事情的经过。当然，他没说犍陀多的事，那只会让妻子怀疑自己精神不正常。

“就是说，是课长不对，不是你的问题？”

“嗯，是的。”

“那你不用辞职吧？”

“理论上不辞职也行。但从结果上看，我可能确实给公司惹了麻烦。发包公司知道不能做假账之后，说不定会给公司穿小鞋。”

“你们公司不是有自己的技术吗？”

“对付我们的办法有很多。业务停几个月，我们就会出现资金短缺。先让我们破产，再收购我们，之后就能任意摆布我们了。”

“就算那样，也不是你的错。”

“但并不是所有人都会这么想。公司内部的人倒还好说，发包公司应该会不待见我，到时候可能会很难熬。”

“全都是‘可能’‘说不定’。”妻子说，“所有的事都还没发生。”

确实如此，我担心的都是尚未发生的事。谁都不知道会发生什么，到事情真正发生了再考虑也不迟。为尚未发生的事闷闷不乐，只是在白白浪费时间和精力。

这么一想，心情开朗了许多。船到桥头自然直。

“不过，可能还是要做好跳槽的准备。”妻子说。

“你刚才不是说那些事情还没发生吗？”

“一直担心还没发生的事是没有意义的，而为可能发生的事做准备是另一回事。”

“原来如此，你说得对。”

“爱担心是你的特点，不过和上次换工作比起来，这次你好像没那么严重。”

“这次情况和上次不一样。这次有人商量。”

“你有人商量？”妻子瞪大了眼睛。

“我也是有朋友的……唉，能不能算朋友也不好说。”

“我见过吗？”

谈过公司的麻烦事，心情好多了，顺便说下犍陀多的事应该也没问题。

“不，我自己都没见过。”

“什么人？在社交软件上认识的？”妻子皱起眉。

“不，不是……可能也算是吧。”

“什么意思？”

“偶然认识的，他叫犍陀多。”

“好像在哪儿听过这个名字。外国小说里的人？他是外国人吗？”

“不知道，但他现在好像在地狱里。”

“开玩笑的吧？是你在开玩笑，还是那个犍陀多在开玩笑？”

“至少我没在开玩笑。我想犍陀多大概也没在开玩笑。”

“不可能，肯定是开玩笑。不然就是个怪人，那个犍陀多。”

“那你直接问问看吧。”乙骨从口袋里掏出矿石收音机。

“这是什么？手机？ MP3 ？”

“矿石收音机。这个能收听无线电广播。”

“收音机？那个犍陀多是电台的DJ ？”

“不是这个意思。”

“抱歉，我听不懂你在说什么。”

“总之你听一听就知道了。”乙骨把收音机和耳机递过去。

妻子把耳机塞进耳朵后，开始乱转转盘。

“啊！”乙骨目瞪口呆。

“什么都听不到啊。”

“要接上天线。”

乙骨从妻子手里拿回收音机，接上天线，但听不到犍陀多的声音。

恐怕是刚才妻子转转盘的时候把频率转偏了。于是乙骨转动转盘，寻找犍陀多的声音，但是再也找不到了。偶尔还能听到微弱的人声和音乐，看样子收音没坏。

“怎么了？”

“犍陀多的声音听不到了。”

“肯定是对方不在线。原来现在还有人喜欢玩业余无线电。”

乙骨想解释那不是业余无线电，不过还是放弃了。即使解释了，估计妻子也不能理解。实际上连他自己也不明白这是怎么一回事，所以也解释不清楚。

“哦，大概是吧。要是还能连上，我再给你听。”

但是，乙骨再也没有找到犍陀多的频率。

犍陀多发现自己在森林里。

季节可能是初秋。他的衣服有点薄，感觉稍微有点冷。

我之前都在干什么？

好像和谁在一起。那个男人遇上了麻烦事，找我商量。是个懦弱的家伙，没杀过人，更没吃过人。

不过，犍陀多感觉自己很耐心地听了对方的倾诉。那个男人在为是否要做一件小小的坏事而烦恼。

太荒唐了。和杀人比起来，那种小恶根本不值一提，换了他根本懒得烦恼。

那种小恶？什么小恶？

犍陀多想了半天，但怎么也想不起来了。

算了，无所谓，想不起来，就说明不是什么要紧事。肯定是做了个梦而已。

梦？原来我在做梦啊。

犍陀多感觉做了一个漫长而痛苦的梦。

这么说来，我之前一直在睡觉。我到底在哪？其他人怎么了？

犍陀多找了半天自己的同伙，然后想起他们都被自己杀了。

我在干什么？时间全都浪费了。我在赶时间。

为什么赶时间？

肚子饿了。

对了，肚子饿了。要去找个村子抢吃的才行。如果村子没什么防范，我就把他们全杀了，那样就能好吃好喝一阵子了。

犍陀多舔了舔嘴唇。

他在找村子的时候总是先走直线，遇到河就向下游走。河流的下游大多是平坦、潮湿的地方，适合耕种，应该会有小村子。

犍陀多匆忙赶路。

忽然，他感觉瞥见了什么东西。

犍陀多的感官犹如野兽般灵敏，他发现落叶下面藏着什么东西。

犍陀多用脚尖踢开落叶。

下面是一只小小的蜘蛛，它正慌慌张张地想要逃到别的树叶下面。

无聊。

犍陀多本想直接离开，但忽然又想杀掉那只蜘蛛，没什么特别的理由，只是觉得不能让任何生命安然无恙地从自己手里逃脱。

杀死蜘蛛很简单。犍陀多抬起脚，想要把它踩碎。

这样真的好吗?

犍陀多忽然有点犹豫。

"如果你接受不了，那还是不要做的好。不管怎么小，都会变成一根刺，一辈子……不，永远折磨你。"

谁？谁说的？

犍陀多停下了动作，脑中突然冒出的话让他有些害怕。

"如果你接受不了，那还是不要做的好。"他重复了一遍那句话。

这是我说的话。

他完全想不起来自己为什么说这话，又是对谁说的。不过，这句话深深触动了他。

他又看了一眼蜘蛛，它正悄悄躲到树叶下面。

如果这只蜘蛛死了，我并不会觉得它可怜。不过，我也没有要杀它的理由，只是受限于自己强加给自己的规则——把眼前的生命抹杀殆尽。仔细想想，被规则束缚着实无聊，就算是自己定的规则也一样。

"嘿，我来帮你！"犍陀多踢开落叶。

蜘蛛不知道被踢飞到哪里去了。

犍陀多急匆匆地出发去找村子了。

光是想想杀人的甜美，他的内心便雀跃不已。

犍陀多沉在血池里。

刚才那是什么？

犍陀多记得自己和一个叫乙骨的人聊过天，还记得自己复活后在森林里救过一只蜘蛛。

那是梦吗？

在无休无止的地狱折磨中，犍陀多已经很久没有睡过觉做过梦了。既然这样，刚才那又是什么？

他对乙骨说过，那可能是佛陀的指引。自己没捞到好处，乙骨倒是得救了。

乙骨得救了……

犍陀多细细品味这句话。

也就是说，我帮了乙骨，我帮助了他人。

他被自己行善的事实惊得目瞪口呆。

他也意识到自己帮助蜘蛛的那段记忆的意义了。

我踩死了蜘蛛。但是，我帮助了乙骨，所以被赋予了帮助蜘蛛的记忆。也就是说，杀死蜘蛛的事实，被帮助蜘蛛的事实覆盖了。

这到底是怎么发生的？犍陀多不明白，也不感兴趣。重要的是，犍陀多行了善，帮助了蜘蛛。

犍陀多在血池中抬头望去。

地狱的天空一片漆黑，据说上面还有许多层地狱。但地狱并非无限，地狱之上还有别的六道。

不知道那是什么地方。乙骨说地狱之上没有极乐世界，极乐世界里也没有释迦如来。

但这些都无所谓。上面肯定有一个不同的世界，比这里好得多。那里可能会有某个人牵挂着我。

如果真的有了什么变化，我该怎么办？应该接受还是拒绝？我不想被别人的想法左右。

地狱的黑暗中，闪现出一丝银色的光。

带着期待与恐惧，犍陀多凝视着缓缓垂到面前的那道银光。

河童的扰乱

芥川龙之介《河童》梗概

这是某精神病院的23号患者所说的话。摘抄如下：

三年前，在穗高山的梓川散步时，我遇到一只河童，在追赶河童的过程中，我掉进了一个深洞里。醒过来时，我发现自己到了河童的世界，一个名叫查克的河童医生救了我。后来，我成了河童国的特别保护居民，在河童国定居下来。我与河童渔民巴格成为好友，逐渐了解了这个国家。比如说，河童的世界里也有钢琴和版画；河童不是绿色的，而是会随着周围的环境变色；河童具有高度文明，但却裸露身体；河童分娩时，需要询问肚子里的胎儿是否愿意降生到这个世界，只有胎儿回答愿意的时候才能分娩；他们的机械工业非常发达，被开除的员工会被加工成食物……

我知道得越多越忧郁，也就越想返回人类的国度。于是我去找一位年老的河童商量……

枪声响起。

23号他们慌忙赶往托克家。

在那里，他们发现了年轻河童诗人的尸体。河童诗人手里握着手枪，碗碟状的头顶流出红色的血液和脑浆。

“没救了，”河童医生查克说，“当场死亡。”

一只雌河童抱着托克的尸体痛哭。她不是托克的妻子，但一直都是他的情妇，并且已经生了小河童。

河童的身体湿漉漉的，摸起来很不舒服，但23号还是强忍着不适，抱起雌性河童问：“到底发生了什么？”

“不知道。我以为他在写东西，谁知他突然就用手枪打穿了自己的头。”

“他写的东西在哪儿？”河童法官贝普很感兴趣。

“这里。”雌河童把小纸片拿给贝普看。

“呼……”贝普盯着那张纸片，一副惊慌失措的神情。

“写了什么?”23号也凑过去看。像是歌德诗作的翻译，没什么特别的地方。

“这是一种剽窃，”河童哲学家马格感慨地说，“也许他的诗人之路走不下去了。”

“托克这样太自私了。”玻璃公司的老板河童盖尔悲伤地说。

他们五个人——准确地说，是一个人和四只河童，本来在托克隔壁的马格家畅谈。23号不是河童，是误入这个世界的人类，不过基于这个国家的法律，被赋予了“特别保护居民”的地位。正因如此，他才能和另外四位这个国家的上流阶级交往。

突然，河童音乐家克劳巴克冲了进来。他进了房间，看到现场的惨状，目瞪口呆，不过随即发现马格手里拿着一张纸。“那是托克的遗书吗?”

“不，是他最后写的诗。大家都认为写得不太好……”

“给我看看!”克劳巴克一把抢过那张纸，嘟嘟囔嚷读了好几遍。

23号不知道该做什么，于是决定去哄小河童。小河童长得很怪异，令人作呕，不过举止动作还是很像人类的孩子。

小河童一开始似乎也对身为人类的23号怀有戒心，不过23号温柔地摸了摸他的头，于是他放下戒备，乖巧地靠了过来。

人类的年龄概念与河童的多少有些差异，不能直接比较，不过这个小河童相当于两三岁的人类幼儿。想到他甚至还不能理解自己的父亲死了，23号不禁流下眼泪。

小河童盯着23号的脸看。

23号朝小河童露出温柔的微笑。

小河童做出深思的模样，随后用幼儿的可爱声音说:“你在为我父亲的死难过吧，谢谢你。”

23号吓了一跳，不过他立刻想起早在出生之前的胎儿时期，河童就已经具有智慧了。于是他明白过来，小河童和人类的孩子不同，不需要经过十年以上的岁月才能拥有智慧。

“你的父亲是位优秀的诗人。”23号擦着泪水说。

小河童歪着头说：“是吗？可是我觉得对母亲来说，父亲不像是个好伴侣，他们也没有正式结婚。”

“结婚并不见得有多重要。”

“母亲希望能结婚。不结婚并不是他们两个人达成的一致意见，而是父亲擅自决定的。”

河童自诩进化程度比人类更高，他们在许多科技领域的发展程度确实也凌驾于人类之上。但是，对于男女之间那些难以解决的鸡毛蒜皮，他们显然不比人类进步多少。

河童会赋予外国来的异种族“特别保护居民”的身份。23号刚来到河童世界的时候，曾将河童与人类世界的居民相比较，觉得河童是非常优秀的国民，对他们十分敬佩。然而，在这里生活多年之后，他发现河童社会其实也存在一大堆问题。

并非所有的河童都是幸福的。不仅如此，还有些河童为了维持生计不得不犯罪。不过河童的善恶观与法制感和人类的大不相同，不能单纯做比较。

23号认为，现代的人类社会还位于发展途中的临时停靠点，迟早会进化成完美的社会。他相信，在人类尚未认知的异世界里，存在着理想的社会。当他偶然来到河童世界的时候，欣喜地认为自己终于找到了理想社会。起初，乐观的河童、河童的文化以及他们不可思议的科学技术深深地吸引着23号，令他欢欣雀跃。但后来，他慢慢发现，这个世界里同样存在着贫困与两极分化，甚至还与邻国——水獭国发生过战争。

这是因为河童与人类刚好处于同样的历史发展阶段，还是说文明本身不会再有更高的发展？23号无从判断。

两个文明刚好处于同一阶段似乎不大可能。不过，在两个文明可以相互接触的情况下，共存的两个文明之间如果差异过大，那么落后的文明在发展成现代文明之前，就会被先进的文明吸收吞并，所以当两个文明都存续下来的时候，彼此之间自然应该没有太大差距才对。

顺带一提，人类对河童的存在及其文明所知甚少，但河童详细地研究分析过人类的历史，对人类有着深入的了解，在路上看到人类也不觉得奇怪。两个文明的发展差距虽然不大，但不可否认，河童文明确实领先于人类文明一点。

23号的熟人，除了最初见到的渔民巴格之外，基本上都是资本家、知识分子、艺术家之类的上流阶级，但这些河童看起来也并不幸福。每个河童都有自身的烦恼、骄傲、愤怒等负面情绪。

这个小河童也会经历艰难的人生吧。想到这里，23号的眼泪又涌了上来。

“太好了！”正在读托克辞世诗的克劳巴克突然欢呼起来，“这可以写成一支非常精彩的送葬曲！”

在场的河童以及23号都用惊讶的眼神看着克劳巴克，但克劳巴克毫不在意，拿着写了诗的纸片冲了出去。

托克家门前聚满了看热闹的人，但克劳巴克仿佛完全没看到他们，跳进车里，迅速开走了。

那就是艺术家吗？好友明明自杀了，却要拿他临死之际写的诗充当灵感来源，来创作自己的作品。

“走开走开，不能随便进来。”贝普代替巡警，把想进来看热闹的家伙们推出去，关上了房门。

23号从骚乱中回过神来，再一次望向托克的尸体，只见马格一直盯着尸体在看。

“托克的尸体有什么问题吗？”23号问哲学家马格。

“没有，我是在思考河童的人生。”

“你对河童的人生有什么发现吗？”

“河童要过好自己的一生……”

23号有种不祥的预感。

马格有点不好意思地说：“或许只能相信河童之外的某种力量了。”

23号眼前一黑。这些家伙也和人类一样，光靠自己没办法建立理想的社会。任何种族都是不完美的。宇宙的任何一个角落都不会有乌托邦。

在无尽的绝望中，23号感到自己正不断坠入幽深的黑暗之中。

“怎么了，一直在发呆？”男朋友问。

羽田亚矢子吓了一跳。

亚矢子正在咖啡馆和恋人约会。

“看电影的时候你也是这样。”

说实话，电影的内容亚矢子一点也没看进去。她没心思看电影。

亚矢子把手伸进包里，握紧了那个东西。

“那个，其实……”

“什么？”

亚矢子凝视着那张温柔的脸庞。

他是个很好的人，毕业于一所相当不错的大学，个子很高，没什么大的缺点，但也不算非常优秀。可能我确实有点贪心了，总觉得他缺了一点什么。

他不是那种野心勃勃能飞黄腾达的类型。不过，我一点也不喜欢只想出人头地的男人。我不觉得埋头工作不管家庭的男人有多好。

老家的妈妈经常说钱很重要。年轻的时候会觉得照顾家庭的男人要比一心工作的更好，但真正过起日子来，有钱和没钱差别很大。没钱的话，住的房子会很简陋，伙食费也要节约，穿的衣服也显得穷酸。每天早上穿衣服的时候，都会真切地感觉到自己家很穷，特别痛苦。有人会觉得有爱就行，钱不重要，但那只是新婚期间。三年一过，那种浪漫的情绪就会烟消云散，能剩下的就只有钱。把工资都交给家里，经常加班，节假日也上班，不在家待着，这种男人是最理想的。要找这样的男人。

父亲也许不是母亲的理想伴侣。他节假日从来不上班，也很少加班。亚矢子只记得他常常待在家里，逗孩子们玩，总是哈哈大笑。

母亲总是一脸不高兴地看着父亲。

我们家真的那么穷吗？亚矢子搜寻自己的记忆。

亚矢子老家是一间三居室的小公寓。公寓楼孤零零地建在一片古老的街区里，周围都是独栋小别墅。母亲似乎很在意这一点，写住址从来只写到街道，省略公寓名。父亲说这样可能收不到信件，但母亲根本不听，她说："我们不还是能收到信吗？没问题的。"

不过现在回头想想，没送到的信件应该都退回给寄件人了，所以无法确定是不是所有都收到了。

说起来，母亲从来不把父亲在工厂穿的工作服晾到阳台上去，总是在房间里阴干。

母亲似乎打心底痛恨贫穷。也许她讨厌的不是穷，而是显得穷。

亚矢子继续看着恋人的脸庞。

这个人大概不是母亲心目中的理想女婿。他笨手笨脚的，也没有出人头地的欲望。但是，那始终只是母亲的理想，不是我的。我的理想是什么呢？

“你要说什么？”男朋友又问了一遍。

对了，必须告诉他。

“那个……”亚矢子正要开口，又把话咽了回去。

“嗯？”

看着他认真得有些笨拙的表情，亚矢子很难开口。

“我……身体有点不舒服，看电影、聊天，都不太能集中精神。”

这次算了，下次再说吧。

亚矢子自己也知道这是无意义的拖延。

那下次是什么时候？和今天又有什么不同呢？

“那你今天不吃饭就回去吗？”他有点寂寞的样子。

本来他们打算去吃饭的。不过亚矢子刚刚说身体不舒服，再去吃饭就矛盾了。

怎么办？

就算有点矛盾，他应该也不会介意。他从来没有怀疑过我的话。

肚子也确实饿了，吃完再回去吧。回家也没吃的，还是要去便利店买。

“吃饭还行，不是肚子不舒服。”

亚矢子也觉得自己的话很荒谬。

“是吗，那去吃饭吧。”他微笑起来。

啊，他果然不知道怀疑别人。

两人出了咖啡馆，走进了附近的家庭餐厅。

“要啤酒吗？”

“你自己喝吧，我不喝了。”

“哎？你这么海量，难得不喝呀。”

“不要说我海量，让店里其他人听到多奇怪。”

“但你酒量确实好啊。”

“那是你太弱了，一小瓶就满脸通红。”

“是你太厉害了，三大瓶喝下去一点变化都没有，吓了我一跳。”

“那既不是葡萄酒，也不是清酒，只是啤酒而已，别那么大惊小怪。”

他不抽烟，也不赌博，只在约会的时候喝一杯啤酒。爱好是读书和看电影，还有搜集一些奇奇怪怪的东西。他是个人畜无害，毫无危险气息的人。

亚矢子点了意大利面，男朋友点了咖喱汉堡肉套餐。

亚矢子一边吃饭，一边烦恼是不是该开口。

怎么办？如果现在说，可能还轻松点。

他正在埋头吃汉堡肉。

亚矢子觉得不该在吃饭的时候说这个。但如果吃饭的时候不该说，那什么时候该说？一起散步的时候？不行不行，说不定会被别人听到。如果说不到一起，可能会大声吵起来。买东西的时候？当然更不行，被店员听到多不好意思。看电影的时候也不行，这种事没法小声说，会影响别人的。所以只能在两个人独处的时候说。两个人独处的时候，只有在他房间或者我房间……

“那绝对不行！”亚矢子不小心大声说了出来。

“哎？什么？”他正要把汉堡肉送进嘴里，听到亚矢子说话，停了下来，诧异地瞪大眼睛。

“不，那个……我是说，我也觉得喝太多清酒是不行的……”

“你喝过？”

“没有啊。”

“但你不是说喝太多不行吗？”

“我不是说我喝了很多，是说喝太多不行。”

“为什么突然说这个？”

“我在脑子里想象了一下未来的场景。”

又找了个乱七八糟的借口。

“哦。”他好像接受了。

他的性格真是非常直率，但有时候又会让我不安，他肯定很容易被人利用吧？

今天，亚矢子的举止应该非常反常，但他似乎什么都没注意到。两个人就这样吃完了饭。

“今天能去你那边吗？”走在路上时男朋友问。

“今天不方便。”

“哎？那一起打游戏呢？”

“我不是那个意思。”

也许现在是坦白的时机。

“那是什么意思？”

“我不是说了身体不舒服吗？”

关键的事她还是说不出口。刚狼吞虎咽吃完意大利面，这会儿又说身体不舒服，她自己都觉得说不过去。

“对了，你说过的。”他好像接受了这个借口。

这个人单纯得令人害怕。

“再见。”亚矢子逃跑似的离开了他。

最终还是没能给他看。

回到家，亚矢子从包里拿出那个东西。

是验孕棒。上面出现了清晰的阳性线条。

看到这条线后，有的女性满心欢喜，有的心情复杂，还有的陷入绝望，不知哪种最多。

我又最接近哪种呢？大概是复杂和绝望之间吧。

亚矢子并不讨厌他。不过，她从没想过结婚的事，也没和他商量过。恐怕他也没想过这样的事。他不是个深谋远虑的人。

亚矢子无法想象突然告诉他怀孕的事，他会做出什么样的反应。他可能会很高兴，但亚矢子更担心，他会惊慌失措，说不定还会生气。

亚矢子又仔细看了看那条红线。

有四条路可以走：

一是不生；

二是结婚，两个人养孩子；

三是不结婚，两个人养孩子；

四是不结婚，亚矢子一个人养孩子。

对亚矢子来说，第二个选择是最理想的。她不想抛弃这个天赐的孩子，而一个人抚养的辛劳可想而知，她也不打算在不结婚的情况下两个人抚养孩子。

但是，做哪种选择，不是亚矢子自己就能决定的。特别是第二和第三条路，必须征得对方的同意。其实第一和第四条路，也不是亚矢子自己可以随意决定的。肚子里的孩子也继承了对方的血脉。

亚矢子摸摸小腹。

完全没有感觉。不过，确实在里面。简单地验孕之后，亚矢子在妇产科复检过了。不能这样放着不管，这件事关系到三个人的人生。为此，首先必须向对方坦白。

但是，亚矢子很难下这个决心。

男朋友性格温和，也很坦诚，但不知道面对怀孕的消息，他会有什么反应。如果他不高兴，该怎么办？

那样的话，要么下决心拿掉孩子，要么下决心独自抚养。无论哪种，都是艰难的选择。我不想吃苦，也不想抛弃一条生命。而且如果他不愿意，那就意味着我看人的眼光不行，我不想经受那样的屈辱。

亚矢子叹了一口气。

一直在来回兜圈子，为什么只有我这么烦恼呢？原因很清楚，因为自己没有告诉他。但是，如果和他挑明了，可能会有更艰难的事情等待自己。

也许最好的选择是假装没有这件事，什么都不告诉他，自己一个人悄悄去堕胎，再把这件事忘干净就好。如果反复告诉自己没有那回事，可能真的就会慢慢忘记。

亚矢子逐渐萌生了这种想法。堕胎的话，虽然觉得孩子可怜，但胎儿死亡也不少见。大脑和心脏都没发育，所以可能没那么痛苦。就算有心，充其量也就跟昆虫和植物差不多。而且，我为了活下去，不也杀过各种各样的生物吗？只不过增加了一个类似的牺牲品而已。

不过她也知道，那只是自以为是的想法，谁也不敢断言胎儿没有感受。而且她知道人的生命是特别的。毕竟，我们是人。

要是能自然流产就好了，亚矢子想。跳跃、酗酒会导致流产吗？如果没能流产，生了下来，胎儿又受到了不良影响，那可就无法挽回了。

为了稍微缓解这种无可奈何的窒息感，亚矢子伸手去拿回家路上在便利店买的一本占卜书。

咒死不忠男人的方法

让情敌发疯的方法

召唤恶魔，签订契约的方法

看到目录，亚矢子吓了一跳。

她本以为是星座占卜或者血型占卜的书才拿的，结果并不是。买的时候觉得封面挺可爱的，可现在看起来就像一本旧书，不知道是脏了、发霉了还是故意这样设计的，可能是店里的灯光让它显得可爱吧。书的纸质也相当差，仿佛用力一捏书页就会碎掉似的。

便利店真的能卖这种书?

她想看看版权页，但没找到。此外，既没有出版社名，也没有条形码。

那我是怎么买到的?

我也买了其他的书，店员可能以为这是我自己带来的书，所以直接帮我放进袋子里了。这么说来，只能认为是有人恶作剧，故意把这本书放在便利店的书架上。

要真是这样的话，虽然这本书不是我的，但也不是我故意偷的。算了吧，把这种东西还给便利店，他们也会很头痛。

亚矢子躺到床上，哗哗翻起书来。

纸屑飞扬。

在某一页上，这样一行字映入亚矢子的眼帘，翻页的手不禁停了下来。

与黑暗之民讨论烦恼的方法

这是什么？先看看说明吧。

你是否遇上了一些问题无法和家人或朋友商量？可以按照下述方法找另一个世界的居民谈谈。这种方法能够给你具体而明确的答案，而不是像占卜一样模棱两可。

太可疑了。怎么可能有这种好事。

不过……

这种事见仁见智。就算这里面写的全都是假的，也不会给我造成什么损失。如果是真的，那就赚了。不妨试一试。

做法简单得令人失望。首先，准备两面镜子，做成无限镜。所谓无限镜，就是将两面镜子面对面摆放，让镜子里照出镜子，照出的镜子里再照出镜子，看起来就像无限的空间。这时候再念咒语，在照出的第十三面镜子中，就会出现黑暗之民。

看起来相当简单。

亚矢子开始找镜子。她决定用粉饼盒的小镜子作为其中一面，但一下子没找到另一面。找来找去，终于找到了母亲给她的一面手镜。

她把小镜子放在桌上，拿着手镜慢慢靠近，调整角度和距离。偶尔有一瞬间镜子深处仿佛形成了一条通道，但由于手部的细微颤动，那样的状态保持不了太久。不过亚矢子已经有点着迷了，她做好了熬夜的准备，继续一点点调整。过了一两个小时，她终于能在较短时间内形成通道并维持住了。

好，接下来就是咒语了。

亚矢子又看了一遍写着咒语的那一页。她从没见过这样的咒语，文字歪歪扭扭，像蛇一样。咒语旁边写着字母，好像读字母就行了。不过这些字母也不像是英语，拼成的单词很奇怪，不知道该怎么发音。

亚矢子在网上查了查，没查到是哪种语言。没办法，只能从拼写上强行推测怎么读了。

“敖谷夫洛多，艾伊阿伊夫，基布鲁伊伊夫，尤谷托浩夫，根夫恩古，艾伊阿伊尤，兹夫劳。”

她觉得书似乎微微动了一下。

亚矢子轻轻叫了一声。

不过镜子里的通道没有消失。不知道是不是心理作用，里面似乎透出了光亮。

她战战兢兢地往镜子里看。

奇怪的是，房间里的灯光一直没变，但无限镜中的空间却忽明忽暗。

为了找到第十三面镜子，亚矢子一面面数起来。她的手总是在抖，镜子里的镜子也一直在动，很难数清，不过最终她还是数到了第十三面镜子。

她一开始看不清里面照出来的是什么。第十二面和第十四面镜子都很亮，唯独第十三面镜子很暗。

亚矢子凝神细看，发现里面似乎有个人影，人影抱膝坐着，一直垂头往下看。再仔细看去，那人好像会时不时扭动一下。

这就是黑暗之民？

亚矢子还以为会是可怕的大魔王，所以有点失望。镜中人看起来很沮丧。

只有我能看到对面吗？对面能看到我吗？

“你能听到我的声音吗？”亚矢子呼唤道。

没有反应。

“你、能、听、到、我、的、声、音、吗？”亚矢子稍微放大了一点声音，一字一顿地说。

还是没有反应。

已经半夜了，亚矢子不敢再放大声音。她想明天白天再试一次，不过也不敢保证明天还能重现这个现象。

亚矢子朝黑暗之民挥了挥手。

但是黑暗之民没有看她。亚矢子有点失望，她想，那人听不到这里的声音，也不看这里，那岂不是根本注意不到我？

可是，与黑暗之民接触的机会可能非常宝贵。

亚矢子耐心地继续挥手。

黑暗之民并不是一动不动。他时不时会动一下，除了下方，有时也会茫然望向其他方向。他也曾看向亚矢子这边，不过仿佛完全没看见她似的，又低下头去了。

不知道过了几个小时，黑暗之民和亚矢子的眼神突然对在了一起。

在黑暗中看不清晰，不过对方似乎也发现了亚矢子，吓了一跳，一直盯着这边看。

“你好，黑暗之民。”亚矢子叫道。

黑暗之民想了想，把手遮在耳朵上。

“能听到我的声音吗？”亚矢子又问了一遍。

黑暗之民再次用双手遮住耳朵。

看起来他知道我在说话，但听不到声音。光可以在真空中传播，但没有空气就没办法传播声音。镜子里的世界与我的世界之间可能是真空。

亚矢子挥了挥手。

对方也挥了挥手。

可以做手势。

亚矢子不断打手势，问对方是谁，但还是不能好好交流。

早知道这样就学学手语了。不过，要是对方不会手语，那学了也没用。

能看见身影，但听不到声音，该怎么交流呢？亚矢子立刻想到了笔谈。

怎么一开始没想到呢？

亚矢子找来笔记本，在上面写道：

“这些字你认识吗？”

以防万一，亚矢子同时写了日文和英文。

黑暗之民茫然看了一会，用力点了点头。

太好了，他能看懂文字。

“你会日文吗？”亚矢子在笔记本上写。

用英语笔谈也不是不行，但最好能用日语交流。

黑暗之民点点头。

这就轻松多了。

“我叫羽田亚矢子。你是谁？”

黑暗之民手舞足蹈，想要表达什么。

“你那边有什么能写字的东西吗？”

他又手舞足蹈起来。

看来对面没有书写工具。不知道是本来就没有，还是刚好手头没有。不过都一样。

对方在努力传达某种意思，但亚矢子完全看不懂。

难得想要和他商量，但要是我只能单方面讲述，根本没办法商量。

对了，对方如果能够表达肯定或者否定的意思，也不是不能交流。不过，除非我问的刚好是对方想说的，否则根本无法知道他的想法。只能走一步算一步了，这和占卜抽签没什么区别。把所有能想到的都写下来，让他从中选择？也不行，我不可能把所有内容都预先写下来……

等一下，不写也行吧？

亚矢子在笔记本上写出五十音图，然后按顺序指给对方看。

在某个文字上，对方点头了。很好，这样就能写出句子了。

通过这种类似请狐仙的办法，总算能理解对方的话了。他的第一句话是：

“办法很不错，就是太费时间了。”

确实。光这句话就花了十分钟。

“你有什么好办法吗？”

“把每个字的手势确定下来当作我们两个专用的手语。”

感觉也很麻烦，不过总比请狐仙强。于是亚矢子同意了这个方法。汉字数量太多，所以一开始想用假名，但假名还是很多，最终他们决定确定每个罗马字母对应的手势。

一开始两个人都记不住手势，很费劲，不过慢慢地，他们的速度变得像打字一样快了。

按照黑暗之民的说法，他是一个年轻的男性，现在住在河童国。听起来非常不可思议，不过和镜子里的人说话这件事本身也很难让人相信。

“那你也是河童？”

“我不是河童，我是人。”

“人怎么会在河童国？”

“说来话长，你要听吗？”

怎么办？召唤他出来是为了谈谈自己的事。有时间听他慢慢说吗？不过反过来想，不知道对方的情况，就贸然和他商量，好像也不太放心。

“好的，发生了什么？”

“我去爬山的时候，起了大雾。”

“不能在天气不好的时候爬山。”

“是的，我本来没太在意。就在那时，我发现了一只河童。”

“太突然了。你那边有河童的传说？”

“不知道。可能有，只是我不知道。”

“然后呢？”

“我去追河童。”

“为什么要追？”

“我想抓住他。”

“你为什么想抓河童，太鲁莽了。”

“现在回想起来是很奇怪，那时候只觉得必须抓住他。”

“结果你反而被河童抓走了？”

“不是。我在追河童的时候掉进了竹林中的一个洞里。”

“河童也跳进洞里了？”

“当然。”

“有点像《爱丽丝梦游仙境》的故事。”

“确实有点像。不过我掉下来的地方没那么神奇。”

“河童国已经很神奇了。”

“这么说也没错，但我的身体并不会变大变小，猫也不会在空中消失，动物花草也不会说话。”

“河童会说话吧？”

“嗯。不过河童不是动物。”

“怎么不是？明明像青蛙。”

“答应我，绝对不要对河童说这种话。那是最难听的脏话，有些河童甚至会因为被说成是青蛙而死掉。”

“没问题，我答应你。反正我以后也不会遇到河童。”

“那可不见得。我也没想过自己会到河童国。”

“不过，河童国应该是个世外桃源吧，像水木茂、小岛功在漫画中描绘的那样。”

“我不清楚这两个人的作品，但是河童国根本不是世外桃源。”

“可他们是河童呀？”

“你大概误会了，他们认为自己比人类进化程度更高。”

“怎么想是他们的自由，但毕竟是两栖动物吧？”

“哺乳动物比两栖动物高等，这本身就是误解。虽然两栖类从鱼类分化出来，爬行类从两栖类分化出来，哺乳类和鸟类又从爬行类分化出来，但并不意味着鱼类、两栖类或爬行类就停止进化了。鱼类、两栖类、爬行类也一直在进化。哺乳类进化成人类，两栖类进化成河童，爬行类进化成龙，鱼类进化成人鱼。”

“啊？是这样吗？”

“后半部分是我的推测，反正就是这个意思。”

“原来是推测。”

“总之河童国不是什么田园牧歌的世界。他们有自己的文明，还有汽车、火车、飞机……”

“那些都是河童自己研发出来的？”

“具体情况我就不知道了。”

“真不敢相信河童那么厉害。是不是窃取了人类的科技？”

“要这么说的话，也可能是人类窃取了河童的科技。”

“那不可能。”

“什么不可能？是我来到河童国不可能，还是通过这样奇异的镜子和你交流不可能？”

“好吧，明白了，我不反驳了，你再告诉我一些河童国的事吧。”

“河童也有战争。”

“河童互相打仗？”

“不是，是和水獭。”

“等一下，信息量太大，我的思维有点跟不上了。现在的日本还有水獭？”

“应该说是水獭国。”

“水獭国和日本接壤？”

“这么说，你也不知道河童国和日本接壤吧？”

“和水獭的战争又是怎么回事？它们不是野生动物吗？那个不叫战争，只是争地盘吧。”

“在这里，水獭和河童都是智慧生物。”

“你见过？”

“我没见过。战争刚结束不久，两国不怎么往来。”

“没见过的话，你怎么知道是不是真有头脑聪明的水獭？”

“河童们这么说的。”

“河童说的你就相信了？”

“你不是也相信地球是圆的，地球围着太阳转吗？”

“那是很早以前就被证明了的。”

“是你自己证明的吗？”

“不是。但是许多科学家观测得出的结论。毕达哥拉斯、哥白尼等等。”

“也就是说，你只是在拾人牙慧。”

“我又不是不加思考，一味地鹦鹉学舌。我充分理解了个中原理。”

“我也是一样。我并不是随便相信河童们的话，而是经过深思熟虑才相信的。”

“行吧，算了，再讨论下去也说不清楚，还是说我的……”

“对了对了，河童国的人工智能也在飞速发展。”

“河童开发了人工智能？”

“准确地说，不是完全的人工智能，称为半人工智能更合适。”

“越听越糊涂了。”

“比如，在印书的时候，他们把纸张、墨水和灰色粉末投入机器里，然后书就会一本接一本地制作出来。”

“纸张和墨水我知道，灰色粉末是什么？”

“干燥的驴脑浆。”

“你在开玩笑？”

“我没开玩笑。我天生缺乏幽默感。”

“为什么把驴的脑浆放进去，就能印书？”

“详细情况我也不太清楚。不过我认为哺乳动物的脑细胞相差不大，即使做了干燥处理，只要给它某种刺激，大脑的智能就会发挥作用。只要用机器将它们有机地连接在一起，大概就能替代人或者河童的大脑。而且由于没有尺寸限制，所以可以远比人脑优秀。”

“那么厉害的东西，只用来印书？”

“当然有各种各样的用途，主要用来量产工业产品。河童国一直在发明各种新的制造设备，工厂的无人化越来越普及。”

“河童国没有AI导致的失业问题吗？”

“那是什么？”

“如果没人也能生产产品，就不需要工人了吧？”

“当然。”

“这样一来，会产生大量的失业河童吧？”

“当然。”

“那会发生劳资纠纷吧？”

“这倒没有，因为有法律规定。”

“有劳动保护法呀？”

“这边叫职工处分法。”

“那是什么？”

“失业的河童会成为食物原料。这项法律能同时解决失业问题和粮食问题，获得了很高的评价。”

“吃人？”

“不是人，是吃河童。”

“法律允许这么做？”

“我们人类不是也会吃青蛙吗？”

“不，我们是人类，可河童是在吃河童呀。”

“是的。”

“下得了口吗？”

“一开始有点抵触，不过尝了之后发现和鸡肉差不多。”

“不，我不是说你，我是说河童。”

“哦，河童啊。”

“河童吃河童，下得了口吗？”

“我一开始也觉得挺奇怪的，所以问过。他们说，如果放着失业者不管，他们最终不是饿死就是自杀，不如做成食物，减少他们的麻烦。我说那样太残酷了，他们哈哈大笑，说我多愁善感。”

“但是吃河童……刚才你说你也吃过？”

“一开始很抵触。不过他们一直劝我说很好吃。”

“再怎么劝也不会想吃吧。”

“但他们吃得津津有味。”

“因为做出来的菜已经看不出河童的样子了吧。”

“有的菜看不出来，有的则清楚地保留着河童的形状。河童的手和人的很像，但是有蹼，能吃的地方很多。说到蹼，你是不是以为就是一层皮？其实蹼很厚，很有嚼劲。河童碗碟状的头顶和喙也能吃，生的时候有点硬，但是煮上几个小时，外面的薄皮溶解以后，里面会渗出胶原蛋白一样的东西。脑袋基本上都是整个一起煮，所以可以双手捧着河童的脑袋吃他的喙，像接吻一样。一口咬下去，富含胶原蛋白的汤汁会渗出来，再吃两三口，河童的喙会掉下来，很神奇……”

“这个……煮河童脑袋的话题差不多到这儿吧……”亚矢子强压住呕吐的感觉，“除此之外……”

“是吗，那我们来说道更特别的菜吧，这道菜非常难做。首先要准备尽可能生龙活虎的河童，食用的河童基本上都是用煤气毒死的，但这道菜用的是活河童。做的时候，要好几个人把河童按在砧板上。砧板用名贵的木材制成，但是只能用一次，非常奢侈。之所以只能用一次，是因为做这道菜的时候会在上面钉上五寸长的钉子，砧板开了洞就不好看了。钉钉子是为了把河童固定住，首先要固定手掌。如果太靠近手指，河童可能会撕开皮肉挣脱出来，所以要尽量靠近手腕。但如果太靠近手腕，挣扎得太厉害又会伤到动脉，所以也要小心。因为动脉破了就会大出血，把菜搞脏，本来精神十足的河童也会很快失血死亡，菜就随之掉价了。客人都支付了高额的费用，如果拿出这样的菜肴给他们，对方说不定会当场拂袖而去，餐馆的评价也会一落千丈。所以如果做砸了，要么低价销售，要么直接处理掉。所谓的处理，就是直接切开，当作肉来卖，所以也不算浪费。手固定好了，接下来就是腿了。固定腿得从脚背钉钉子，但千万不能偷懒，只用一根钉子就想钉住两条腿。河童和人类一样，腿的力气比手的力气大好几倍。双腿用力的话，可以轻松拔起长钉子。如果在做菜的过程中，河童挣脱出来大闹一场，那场面就惨不忍睹了，所以再怎么麻烦也要一根根仔细地钉进去。以防万一，膝部也要钉上。刚才也说过，河童的腿力气很大，所以要敲碎膝盖，这样他们的腿就没法再动了。到了这一步，算是可以暂且松一口气了。然后要割开喉咙，这一步对技术要求很高。之所以要把喉咙割开，是因为不割的话，河童太吵了没办法安心做菜。听到食材大喊‘好痛’‘快点杀了我’‘我诅咒你’之类的话，确实很不舒服。所以要切开喉咙，破坏声带，让食材不能出声。但是，这时候要注意不能伤到气管和动脉。食材不能出声了，厨师就能集中精力继续做菜了。下一步是切断手筋和脚筋。虽然用钉子钉住了食材，但到了这一步，他们还紧紧咬着牙，手脚憋着股劲，稍不留神就会让他们挣脱出来。这时的河童力气大得可怕，厨师甚至会有生命危险，最坏的情况下还可能危及客人。所以要切断手筋脚筋，这样就不用担心食材会胡闹了。接着，要切除下颚。河童的喙和牙齿力量很大，稍不留神手指都可能被咬断，所以切除下颚也是为了安全起见。完成了这一步，后面的工作就安全了，但相应地，对技术的精细度要求也更高了。首先要很小心地把菜刀插到脖子后面的骨头缝隙之间，这能使痛觉神经变迟钝。不过迟钝并不是完全感觉不到痛，但可以让食材不会因为剧痛而昏厥。昏过去的话，鲜杀就失去了意义。接下来是剥皮……”

亚矢子推倒了镜子。

她终于吐了出来。她一次又一次打手势示意对方停下，但对方沉醉在自己的描述里，一个劲儿地往下说，完全没注意亚矢子。也可能他注意到了，但是故意说个不停。

黑暗之民消失了，只剩下两面镜子。没有留下任何不属于这个世界的痕迹。

重要的事情还没问就结束了。

要不要再召唤一次？亚矢子有点犹豫。不继续的话就半途而废了，但听他一直讲下去，也实在受不了。

清晨的阳光从窗户照进来，还有啾啾的麻雀声。

看看钟，还有一个小时就该出门上班了，也没时间再召唤黑暗之民了。

亚矢子洗了个澡，吃掉涂上果酱的面包，随后便准备出门了。

昨天晚上没有和男朋友在一起，自己直接回家了。

两面镜子和那本书都还躺在桌上。

黑暗之民的事真的发生过吗？也许是受妊娠反应的影响，做了个噩梦？

确认起来很简单，再做一次无限镜，念诵咒语就知道了。如果什么都没发生，就说明那是梦。

但如果又出现了……

亚矢子用力摇摇头。

太荒谬了，那不可能是真的。我是因为太担心，产生了幻觉吧。

但我为什么会产生那样的幻觉？

AI正在不断普及，人类的工作越来越少。如果技术继续进步，人类社会也会变得像河童国一样吗？河童国可能就是未来的日本。人类也许不会像河童那样同类相食，但除了一部分AI技术人员，其他人可能都会失业，流落街头。不，连AI技术人员都不好说。未来可能会是一个AI自我开发的时代，到那时候，所有人都是多余的。把孩子带到那样的世界上，真的好吗？

亚矢子抚摸自己的小腹。

闹钟响了。

不能磨蹭了，要去上班了。

亚矢子虽然去了公司，但人在心不在。她一熬到下班，就赶快离开了公司，给也在附近上班的朋友打了个电话，约她去咖啡馆聊聊。

“怎么突然约我出来？”朋友一进咖啡馆就问。她是个精干的职业女性，总是西装笔挺，黑框眼镜也许有点老气，不过反而衬托出她的知性。

亚矢子不知道自己该向朋友说些什么。她现在脑子里全是河童国的事，但拿这个问朋友，会被当成精神有问题吧。关键在于自己为什么会有关于河童国的幻觉，所以要商量的应该是怀孕的事。

亚矢子单刀直入地告诉朋友自己怀孕了。

朋友用吸管喝着果汁，半晌没有说话。

“哎，你说点什么呀。”亚矢子忍不住催促朋友开口。

“你要我说什么呢……”朋友又吸起果汁。

“果汁都要吸完啦。”

“哦，”朋友放开吸管，想了一会儿，“我没说话，是因为我在想你的情况算哪一种。”

“什么哪一种？”

“是该恭喜，还是不恭喜？换个说法，是你计划内的，还是计划外的？”

“该不该恭喜我也不知道，但肯定是计划外的。”

“他怎么说？”

“什么也没说。”

“女朋友怀孕了什么都没说？孩子的父亲是你男朋友吧？”

“是啊。”

“那一般总会说些什么的吧？”

“我还没告诉他。”

“为什么没告诉他？他不该负责吗？”

“话是这么说。”

“你不说，这件事就不会有进展。”

“我在想是不是不说比较好。”

“你想怎么办？”

“自己去堕胎，或者和他分手，一个人带孩子。”

“啊？我真不明白你。这样不都是自己吃亏吗？而且首先要弄清他的想法。”

“问题就在这里。我不想弄清他的想法……”

“哦，”朋友一脸看透了亚矢子的表情，“你在害怕。”

“害怕？”

“对，你害怕他的反应。怕他说拿掉，或者提分手。”

可能确实如此。不过还不止这些。我到底在害怕什么呢？

“如果他那么说，你就让他给钱。”

“钱？”

“精神损失费。如果要生的话，还要抚养费。那渣男有钱吗？”

“你管人家的男朋友叫渣男？”

“不，我是以他抛弃你为前提说的。”

他抛弃我？那样的未来我完全无法想象。他不是那种人。不过，这也可能只是我的一厢情愿。

“我想他没那么多钱。他工作的地方不是大企业，他也不是很上进的类型，并且是个外派员工。”

“那你为什么和他交往？”

“什么为什么？”

“他又没钱。”

“交往条件除了钱，还有很多吧。”

“有是有，但是钱很重要。有了钱，缺点就不再是缺点。但要是没有钱，所有缺点就都是缺点。”

“什么意思？”

“开始交往的时候，会觉得对方身上全是闪光点，连缺点都显得很有魅力。”

“真的会那样吗？”

“就是那样。不过，一旦结了婚，成为一家人，闪光点就没了，对方的缺点也会看得清清楚楚。能掩盖缺点的只有钱。钱可以解决世上大部分的事。”

“不可能。有钱也会生老病死。”

“确实，有钱也会衰老，也会生病。但是，年老的时候、生病的时候，没钱就会很悲惨。如果有钱，至少可以住在豪华的养老院里，也能得到最先进的治疗。就算治不好，也能把痛苦减少到最小。而且没老没病的时候，可以住在大房子里，穿喜欢的衣服，吃美味的食物。”

“这些有那么重要吗？”

“很重要。爱情是幻想。不能一辈子都做梦。”

“但是说到钱，我也在工作呀。”

“不是那个问题。你想工作就去工作，但对方的收入关系到你的人生规划。你一个人挣钱买的房，和用丈夫的收入买的房，大小可不一样。”

总觉得像是在和母亲谈话。对了，这种不适感和在母亲身上感觉到的一样。

亚矢子发现，朋友和母亲对幸福的想象十分相似，而她认为的幸福与她们的并不一样。但是，她又不敢确定自己的想法是对的。也许正如朋友所说，现在的自己可能是被大脑分泌的物质欺骗了。当然，她也不相信永恒的爱。但是，维系一个家庭并不是有钱就行。

最终她意识到，和朋友再怎么说，也得不出结论。

那怎么办呢?

“啊!”亚矢子叫了起来。

“你突然乱叫什么?”朋友翻了个白眼。

“我突然想起有件事。抱歉，是我喊你出来的，但现在我得回去了。饮料钱我放在这儿了。”

“等等，亚矢子，到底怎么回事？！”

身后传来朋友的呼喊，但亚矢子没管，半跑着出了店，赶回家去。

对了，我本来想和黑暗之民商量的，但因为他太古怪了，所以放弃了。不过他的古怪非常重要，因为他不受常识约束，所以更能看到问题的本质。

回到家，亚矢子又将镜子面对面摆好。

“敖谷夫洛多，艾伊阿伊夫，基布鲁伊伊夫，尤谷托浩夫，根夫恩古，艾伊阿伊尤，兹夫劳。”

书又动了一下。

“怎么样?可能对你们那边来说有点可怕。”

“什么怎么样?”

“烤河童。如果你胆子大的话，这个可能比鲜杀有趣。”

“鲜杀是讲给胆子小的人的?”

“嗯，我觉得你不是胆大的人。”

“我胆子是不大。”

“那我就放心了，幸好我介绍的是鲜杀。那再说说别的菜式吧，有一种活吃……”

“别再说菜式了。”

“哦，确实有些人对美食不太感兴趣。”

“河童国有堕胎吗?”

“堕胎? 堕什么胎?”

“怀孕堕胎。”

“哦，当然有。”

“因为什么堕胎呢? 穷? 生病?”

“原因各种各样。”

“也就是说，因为父母的各种原因而堕胎。”

“不是的。”

“你刚才不是说原因各种各样吗?”

“对，原因各种各样。”

“所以是父母……”

“但不是因为父母的原因，是因为本人。”

“本人……你是说孕妇？”

“别开玩笑了。孕妇可不是本人。”

“不是孕妇，那是按谁的意愿堕胎？”

“本人啊。就是胎儿自己。”

亚矢子叹了口气。

原来如此，早该料到会有这样奇怪的事。

“你是说，河童的胎儿能够表达自己的意愿。”

“啊，是的。我完全习惯了这边的常识，忘记人类的胎儿不能说话了。”

“你还记得人类的胎儿不能说话呀？”

“嗯。无法知道胎儿本人的意愿，想想还真是挺麻烦的。”

“在河童国是如何知道胎儿的意愿的？”

“我曾经参观过一次分娩。有一个渔民，名叫巴格。到了孩子要出生的时候，他把嘴靠在妻子的生殖器上问：‘你愿不愿意来到这个世界，仔细想好了再回答。’当然，出于卫生考虑，说完以后巴格用消毒水漱了漱口。过了一会儿，有个小小的声音回答说：‘我不想出生。我认为河童的存在违背了自然规律，是错误的。’于是接生婆用一根玻璃管插入巴格妻子的身体，注入一种液体。巴格妻子的肚子本来很大，注入液体后开始不断缩小，最终胎儿就这样被打掉了，真叫人目瞪口呆。”

“那算自杀吗？”

“不知道。本来就没有出生，算不上有生命，所以我觉得不能算自杀。”

“根据自己的意愿来决定是否诞生，从某种意义上说，真令人羡慕。”

“也没什么可羡慕的。河童们是按照自己的意愿出生的，换句话说，出生完全是自己的责任。所以不管走上什么样的人生道路，也不能抱怨其他人。贫穷也好，痛苦也好，都是自己选的，没有理由抱怨。”

“但是，在出生前不可能知道自己会有什么样的人生吧，为此责备他们不是很奇怪吗？”

“做出这个决定的时候，当然也要考虑到人生的不确定性。你出生在这样的环境里，接下去可能会上升，也可能会下降。运气不好的话，可能生病，可能遭遇事故，可能卷入犯罪，还可能被裁员变成食物。问题就是，即便如此，你还愿意出生吗？”

“让胎儿做这种决定？”

“嗯。说是胎儿，其实也有智慧。毕竟是河童。”

“我自己可不想做这样的决定。刚才我说羡慕，但仔细想想，又觉得很可怜。”

“河童们认为，不让他们做决定才更可怜。因为父母有可能只顾自己，把不想出生的胎儿生下来，或者不让想出生的胎儿生出来。”

只顾自己……

这句话刺痛了亚矢子的心。

“如果人类的胎儿也能表达自己的意愿就好了。”

“这不可能。人类的胎儿没有智慧，出生十多年后才能展现出一点点。”

“是啊，不能等这孩子有了智慧再做决定。”

“如果到那时候再处置，就完全是谋杀了……这孩子？”

“我的孩子，三个月了。”

“啊，恭喜恭喜。”

“你直接恭喜我啊。”

“按照常识是该这样说吧。”

“我还没结婚呢。”

“这样的人历来都有很多。”

“这孩子的父亲还不知道他的存在。”

“那可能有点问题。父亲失踪了吗?”

“不是的。我还没告诉他。”

“明白了。你是想突然告诉他,给他一个惊喜。”

“那也不是。”

“那为什么不说?”

“是因为……”

听了河童国的事,亚矢子逐渐听到了自己的心声——不想承认自己选择了一个无能的男人。如果男朋友逃跑,或者责怪亚矢子,那不仅意味着他是一个无能的男人,也意味着亚矢子选择了无能的男人,那就证明亚矢子自己也是个没有眼光的无能女人。

对,我只是想维护自己的自尊心,所以没有勇气去询问他的真实想法。

“因为我害怕发现他是个废物。”

“他是废物吗？”

“不知道，所以才这么痛苦。”

“有点复杂。”

“是啊，很复杂。”

“问题在哪里呢？”

“问题很大。我很纠结。”

“纠结什么？”

“是否应该生这个孩子。这个问题很复杂。”

“哪里复杂了？”

“你认为很简单？”

“嗯，很简单。你自己决定生不生就好了。”

“我自己可以决定吗？”

“当然。”

“不管这孩子的意愿？”

“当然不管。人类的胎儿又不像河童的胎儿那样会说话。而且要想知道这孩子真正的想法，必须等到十八岁才行吧。如果‘堕掉’十八岁的青年，那就是谋杀，会被抓起来的。所以你不可能听取这孩子的意见，这也没办法。”

“但是，这孩子有权决定自己的人生，不是吗？”

“理想的情况下，是应该尊重孩子的意愿。但是，这在物理上、生理上都是不可能的。既然如此，只能寻求现实的解决办法，不是吗？”

“你让我一个人决定，也不管孩子父亲的想法？”

“你不能和孩子父亲说怀孕的事，对吧？”

“嗯……是吧。”

“这样的话，就没什么好讨论的了。你必须以自己的意愿来决定要不要生下这个孩子。”

“即使结论是不生？”

“即使结论是不生。”

没错，我必须做决定，这是我的责任。男朋友本来也有责任，但我不告诉他，就相当于免除了他的责任，结果导致所有责任都由我来承担。

“谢谢你，黑暗之民。我决定了。”

“黑暗之民？谁？”

“就是你啊。”

“为什么说我是黑暗之民？”

“书上这么写的。”

“书？什么书？”

“这本书大概和你没什么关系。”

“但是书上写了我的事，不是吗？”

“是的。不过也可能写的不是你。”

“我越听越糊涂了。”

亚矢子笑出声来。

“有什么好笑的？”

“不是笑你，是笑我自己滑稽。”

“我并不觉得你滑稽。”

“这和别人怎么看没关系。重要的是自己怎么看自己。”

“我比较在意别人的看法，特别是别人用奇怪的名字叫我的时候。我的名字其实是……”

“谢谢你，非常感谢。再见。”亚矢子拆掉了无限镜。

黑暗之民也许确实存在，也许只是我脑中的幻觉。不管是哪种，他确实告诉了我应该做什么。我必须面对我自己。此外，我也知道了是什么在束缚着我。

亚矢子拿出手机。她没有打开聊天软件，也没有发短信，而是罕见地用了电话本来的通话功能。

铃声过后，对方接了。

“亚矢子，你难得打电话来，怎么了？”

亚矢子的通话对象是母亲。

我的价值观多少有一部分来自母亲。而我之所以不能和男朋友说怀孕的事，很大原因是受到了母亲价值观的影响。因此我必须先面对母亲。

“我怀孕了。”

寒暄只会是拖延。

母亲沉默了半晌。

“你听到了吗？”亚矢子问。

“听到了。我确认一下，你不是开玩笑吧？”

“我不会开这样的玩笑。”

“你说的是‘怀孕了’，而不是‘要和男朋友结婚了’，也不是‘想带个人给我看看’？”

“是的。”

“也就是说，这不是个好消息。”

“好不好由我决定。”

“对方怎么说？”

“什么也没说。”

"什么也没说？！"母亲的声音一下子大了起来，"什么都没说是什么意思！"

"就是字面意思。"

"你都怀了他的孩子了，他怎么能什么都没说？"

"因为我没说。"

"没说是指没有告诉他怀孕的事？为什么？"

亚矢子一下子不知道说什么。

说吗？现在不说，这辈子都说不出口了。

"因为我害怕。"

"你怕什么？"

"怕被他拒绝。怕他不让我生，怕他怀疑这孩子不是他的。"

"他竟然对你这么说？！"

"没有。他还不知道。我害怕他的反应。"说着说着，亚矢子的眼泪流了出来。她不想让母亲知道自己在哭，但是声音里还是带了哭腔。

"你想怎么办？"

"我也不知道该生还是不生。"

"现在马上和他说。如果你做不到，那就只有堕胎了。”

“为什么？很多人都是独自生孩子，独自抚养的。”

“那太丢脸了。”

“有什么丢脸的？谈恋爱遇到这种事很正常。”

“别强词夺理了。总之，去和他说。”

“我会和他说的。”

“我和你一起去。”

“你不用来。又不是要决斗。”

“你打电话不就是向妈妈求助吗？”

“我打电话是为了让自己做个了结。”

“你做了结也应该找你男朋友，为什么给妈妈打电话？”

“因为我真正害怕的是妈妈。”

“等一下，你说什么？”

“男朋友还没有拒绝我。会不会被拒绝，要等我告诉他怀孕的事之后才知道。但是，我之所以这么害怕被他拒绝，是因为我害怕妈妈怎么看我。”

“我？”

“如果他拒绝了，妈妈会骂我吧？说我太蠢，相信那样的男人。”

“那当然。我现在就觉得很丢脸。”

“我没办法把自己的意愿和妈妈的意愿分开。但是，我和妈妈是两个人。”

“是啊。”

“我不是不能原谅自己的愚蠢，我只是害怕妈妈不原谅我。”

“那也没错。”

“但是，这一切到此为止。今后我要凭借自己的意愿生活下去，这通电话是和妈妈的诀别。”

“等一下！你要和妈妈断绝关系？”

“不是的。我想说的是，我和妈妈是不同的人，我要用自己的双腿走下去。所以即使我没有按照妈妈的想法生活，也请不要伤心。”

“等一下。你一个人活不下去的。你不会自以为能独立吧？”

“我很感谢你养育了我，但我必须依照自己的想法生活。不过我也没有想要自己一个人生活下去。这里是人类社会，不是河童国。”

“河童国？你到底在说什么？”

亚矢子笑了。

“刚刚我还在和一个孤独的河童国人聊天。”

“亚矢子，等一下，你没事吧？妈妈马上过去，你一定要坚持……”

亚矢子挂断了电话。

母亲立马又打了好几通电话过来。

亚矢子每次都挂断了，最后干脆把母亲的电话加进了黑名单。当然，这只是暂时的，她打算等母亲冷静下来之后再将她移出黑名单。

然后，亚矢子发消息喊男朋友来自己家。

几十分钟后，男朋友到了。

“怎么了，突然叫我过来？”他满脸天真地问。

“我应该早点告诉你的，”亚矢子深吸了一口气，“我怀孕了。”

“你会生下来吧？啊！生下来之前，我们先结婚吧！”他脱口而出，马上又反应过来，“对不起，我不该擅自做主，你是怎么想的？”

“如果我不想生呢？”

"你不想生？"

"我是说如果。"

"我希望你生，如果你不想，我会尽量说服你。"

"我要是不听呢？"

"我可以一个人抚养，还是希望你生下来。"

亚矢子哭了。

"你这么不想生吗？"

"不是。是我发现自己是个大笨蛋，根本不用害怕的。"

"害怕什么？难道你以为我会逃跑？"

"不是的。我害怕的是自己和妈妈。"

"妈妈？你妈妈很可怕吗？那可不好办。不过我很开心，她再生气我也不怕。"

"没事的，"亚矢子亲吻宽太的脸颊，"大概只是我以为可怕。"

"那……你会生下来吗？"

"当然。不过生之前要结婚。"

"其实我也有事要对你说。本来不想说的。"宽太一脸严肃地说。

“什么，坏消息吗?”

亚矢子有些不安。不可能事事都顺心的。

“不是坏消息。我派驻的公司找我了，问我想不想成为他们的正式员工。成为正式员工，工作任务肯定会加重，自由时间也会减少，所以我本来想拒绝……”

“为什么想拒绝?接下来我们可是要结婚生孩子的!”

“结婚生孩子的事，我不是一分钟前才知道吗……”

确实如此。

亚矢子一直在独自烦恼。仔细想来，都是在浪费时间。

“是人事部的工作。人事工作关系到其他员工的人生，所以我不太想做，不过现在下定决心了。”

“我们三个会成为一家人吧。”

“已经是一家人了。”宽太轻轻抚摸亚矢子的小腹。

“女孩子就叫晓美，男孩子就叫敏治，好不好?”

“你连名字都想好了。”

“这两个名字刚刚突然出现在我的脑海中，很神奇。”

亚矢子盯着桌上的手镜。

脑海中的迷雾消散了。

“听说河童国的郊外住着一位年长的河童，每天看看书、吹吹笛子。”渔民巴格说。

问问那位河童，可能会知道如何返回人类世界。

遭遇了托克的自杀事件后，23号彻底厌倦了河童国的生活，他在巴格的话里找到了一线希望。

他向郊外走去。

他按照听到的地址找了过去，发现目的地处有个小房子。不过在那里吹笛子的不是老人，而是青春期的孩子。

23号觉得很奇怪，但还是上前问了问，结果发现这个小河童就是他要找的老河童。

“可是你看起来像个孩子……”

“你觉得奇怪也正常。我刚生下来的时候是白发苍苍的老人，但是随着岁月的流逝，我却一点点变得年轻起来。如果出生前是六十岁，那我现在差不多一百一十五岁了吧。”

23号想，如果对方从出生到现在过了五十五年，每年年轻一岁的话，他出生时肯定不止六十岁，得接近七十岁了。

"你好像很幸福。"

"因为我一出生就很老了，没有比这更幸福的了。我的人生既没有年轻人的色欲，也没有年长者的贪婪。人生平静安宁是最重要的。"

"其他河童好像不是这样。"

"河童出生的时候，父母会问他们愿不愿意来到这个世界上。既然选择了出生，贪生怕死是很自然的。这种姿态在别人眼中大概是不幸的吧。"

"我来到这个世界，并不是出于我的意愿。"

"真的吗？"

突然，23号感到一阵头晕目眩。

23号发现自己在一间昏暗的灰色房间里，面前有个身穿白衣的人正在问他问题。还有一个陌生男人笑着说："这位就是有名的23号啊，参观过河童国的。"

啊，我也出名了。23号这么想着，请他坐下，开始讲述在河童国的经历。

他说自己在爬山途中发现了河童，追赶河童时掉进洞里，结果进入了河童国，成为河童国的特别保护居民。在河童国，胎儿可以在出生前决定自己要不要出生。用驴的大脑制成的人工脑可以生产书籍和所有工业产品，因此而失去工作的河童会成为食物。托克自杀了，盖尔每天都要看医生……

陌生男人积极地做着笔记，时不时还会提问。

23号得意地逐一回答。

“是的，在一些领域，河童国的技术已经超越了人类。不可思议的是，他们没有穿衣服的文化，他们的腹部有袋鼠一样的袋子，东西都会放在里面。啊，还有战争，他们和水獭打过仗。雌性发情时会袭击雄性，有些雄性很享受这种方式，而有些雄性对此十分讨厌。”

“哇，什么问题你都能对答如流，真让人佩服。”

“因为我自认为是能告诉大家河童国情况的少数人类之一，所以想正确地传达尽可能多的信息。”

“你回答得非常漂亮，简直就像当场编的一样。”

“哎？”

23号仔细打量着陌生男人。

倒三角形的脸，额头很宽，睡乱的头发怪异地翘着，但眼神十分锐利，还喜欢时不时摸摸下巴。

“你刚才说什么？”

“你是基于自己的回忆回答的吗？”

“与其说是回忆，不如说是这些事自动涌进了我的大脑里。这种感觉你明白吗？”

“啊，明白，我明白。”

陌生男人继续开心地记录。

“抱歉，我们以前见过吗？”

“没见过。这是我们第一次见面。”

“我可以问你一个问题吗？”

陌生男人朝白衣人看了一眼。

白衣人默默点了点头。

“嗯，可以。你想问什么？”

“你为什么要听我讲这些？”

“你认为我是为了什么？”

虽然23号认为对方用问题回答问题很是狡猾，不过还是说出了自己的推测。

“你是杂志记者或者报社记者，为了向世人宣传我的经历所以来采访我？”

“啊哈哈，很可惜。”

“我猜错了?”

“很可惜。”

“我放弃了，你是什么人?”

“我是个作家。”

“作家为什么要来和我谈话?”

“那自然是因为你是很好的小说素材。”

“小说?”

“嗯，小说。”

23号有点诧异。

“我的故事会变成小说?”

“当然，我不会照搬上去。因为逻辑不通的故事不能成为小说。我会基于你的话，进行大幅的修改润色。”

“那可不好。”

“我不会给你添麻烦的。”

“我不希望被写成小说。”

“你是在强调自己的权利吧。但是，构思本身是没有著作权的。我只是受到你的启发，用自己的语言写成小说而已。这在法律上没有任何问题。”

“不是。我不是那个意思。”

“那你想说什么？”

“小说不都是杜撰的吗？我不是贬低小说，我只是在说一般的社会常识。”

“嗯，毕竟小说是虚构作品，自然都是杜撰的。当然，也有直接把现实写成小说的。”

“我们现在的情况属于后者吧？你想把我的亲身经历写成小说。”

陌生男人看了一眼白衣人。

白衣人默默摇了摇头。

“是的。”

“那样的话，有违我的本心。我的故事以这种形式被世人所知，大家岂不是会以为，河童国是想象的产物？”

“你不是厌倦了人类世界吗？”老河童说。

23号突然清醒过来。他环顾四周，发现自己在老河童的小房子里。

“可能是吧。我的事业失败……”

“不要再谈那些了。”白衣人说。

“哎？”23号看看背后。

“怎么了？”老河童问。

“从刚才开始，我就时不时听到一些奇怪的声音，看到一些奇怪的场景。”

“那是因为你正在转移，”老河童想了一会儿说，“要回到原来的世界，只能沿着来时的路走回去。”

23号一阵毛骨悚然。

“我不认识那条路。”

老河童拉动天花板上垂下的绳子。

天窗开了，上面是一片蓝天。

“想要回到人世间，从这里出去就行了。”老河童指着绳子说。

仔细一看，那不是简单的绳子，而是绳梯。

23号的手搭上绳梯。

“你不会后悔吧？”老河童问。

“我不会后悔的。我终于可以回到那个令人怀念的世界了。”

23号眼前的景象又变回了那个灰色的房间。白衣人和陌生男人饶有兴致地看着他。

他忽然怒火中烧。

“你们这些狗屎！滚出去！你们这些肮脏的、狡猾的、恶心的、讨厌的、猥琐的、邋遢的、奸诈的、懒惰的、厚颜无耻的、令人作呕的人类！从这里滚出去！狗屎！”

他挥起拳头。

回过神来，23号发现自己还在老河童的家里抓着绳梯。

“你不会后悔吧？”老河童又问了一遍。

23号把绳梯抓得更紧了。

小白的恐惧

芥川龙之介《小白》梗概

某个春日的正午。一条名叫小白的狗从大街拐进小巷时，碰上了屠狗人正在捕杀邻居家养的小黑。小白吓得丢下朋友逃之夭夭。它拼命跑回主人家，少爷和小姐见到它却说“哪儿来的狗”“黑漆漆的”，小白这才惊讶地发现自己的白毛变成了黑色。主人以为它是野狗，就用棒球棍打它，它只能逃走。

小白绝望茫然地走在街头，突然看到一条小狗被小孩子欺负，它鼓起勇气救出了小狗。后来，坊间流传起一条黑狗的英勇事迹——在千钧一发之际从电车下救出儿童；从失火的房子里叼出幼儿；降服了动物园里逃出来的狼……这些其实都是小白做的。

在一个秋日的午夜，身心俱疲的小白决定自杀。它想在死前再看一眼主人，于是回到了家……

"畜生，晓美这个畜生！"祭田智香勃然大怒。

家里突然来了两名警察，说是来调查盗窃案。

当时只有智香和妈妈在家。警察告诉她们，晓美被智香她们几个陷害了。

智香坚称那是乙骨晓美干的，自己什么都不知道。

警察说，店里的监控摄像头拍到了瑠骑亚把店里的商品放进晓美书包的过程。

晓美称那与自己无关，并且瑠骑亚做证说是智香指使她干的。不光是瑠骑亚，罗罗和花莲也说了同样的话。

智香束手无策，决定先哭再说。她说自己才是被陷害的，是大家统一口径嫁祸给自己，自己才是被欺负的对象。

母亲站在了智香一边。

但警察说，如果晓美是主犯，她不会做这种让自己最受怀疑的事，偷偷把东西放到智香的书包里就可以了。

不过，店方并不打算追究，所以这件事姑且到此为止，今后决不能再做这样的事了。说完警察便回去了。

半夜，父亲回来了，喝得烂醉如泥。

“盗窃！”母亲的话说到一半，父亲就勃然大怒，“你这蠢货干了些什么！”他挥拳打起了智香。

母亲慌忙阻拦。“住手，智香是个女孩子！别打了！”

“闭嘴！公司不拿我当回事，家里人也不拿我当回事吗！”

“公司里怎么了？”

“政变。半路招进来的老家伙破坏了我的计划。不光破坏，还在所有人面前谴责我。”

“你是不是做了什么错事？”

“没什么大事，只是为了方便发包公司，改了改财务数字。说违法是有点违法，但是大家都这么干。”

“啊，不会被开除吧？”

“你再说一遍？！”父亲也朝母亲打了一拳。

看来真的要被开除了，智香想。

从父母平时的谈话中，智香隐约意识到父亲就职的公司经营不善，但之前并不知道公司还会做违法的勾当。

智香的父亲比较散漫，并不在乎违反法律。在无人售货商店买东西时不主动付钱，把咖啡馆里所有的砂糖和奶油球都拿走，赖着不给智香伙食费……凡此种种，她父亲都干得心安理得。

智香想，公司的违法勾当，大概也是父亲策划的吧。

“你自己也一直干坏事，凭什么光打我！”

“怎么和你爸说话的！”父亲又打了智香一拳。

看他这么生气，应该也知道自己在干坏事。

难不成父亲会被警察抓走？

智香不寒而栗。

如果父亲被抓，自己大概就没法升学了。

太可怕了。我还想趁着当学生的时候多玩玩呢。

智香没有再和父母说话，把自己关到了房间里。

第二天早上，她赶在父母起床前出了门。

等到上学时间，她发消息把几个朋友叫到了附近的公园。

“一大早干什么？”瑠骑亚懒懒地说。

“你背叛我！”智香逼近她。

“你在说什么呀？”

“别装傻了！你把陷害晓美的事告诉警察了！”

“啊，那个呀。”

“什么叫那个呀！警察来我家了！”

“警察也来我家了。我爸妈把我骂死了。”

“骂就骂了，有必要供出我的名字吗？”

“不然呢，要我一个人背黑锅吗？”

“那又怎么样。干吗把我卷进来？”

“什么叫把你卷进来。本来就是你指使我们干的。”

智香扇了瑠骑亚一记耳光。

“你干什么！”瑠骑亚也生气了，抓住智香。

“都住手！”罗罗和花莲刚好赶来，拦在了两人中间。

“你们也都是！”智香怒吼道，“全都说是我指使的！”

“本来就是啊。”罗罗说。

“你们嘴这么不严，我特意让你们干不就没意义了吗!”

“哎?那你是想嫁祸给我们?!”

啊,完了,不小心说出真心话了。

“不是的。一旦你们有了嫌疑,我可以以无关者的身份,提供对你们有利的证词。如果所有人都有嫌疑,那就全军覆没了。”

“真的?”三个人怀疑地看着智香。

啊,不妙。必须转移话题。

“不说那个了。晓美的事被她爸妈知道的话,就不会再给我们上贡了。”

“啊?!那可糟了。”三个人大吃一惊,立刻忘记了刚才的愤怒。

真是够单纯的。智香在心里嘲笑她们。

“没了上贡可就麻烦了,”罗罗说,“用自己的零花钱买衣服太浪费了。”

“所以要找只新的肥羊。”智香说。

“我们学校还有谁像她那样又有钱又胆小,还独来独往的?”花莲问。

“哎,不能再让她上贡了。警察去过学校了。”

“那怎么办？”

“用这个，”智香从口袋里拿出一部屏幕碎了的手机，“前几天不小心踩坏的手机。”

“还能用吗？”

“不行，开机都开不了。”

“这东西能干什么？”

“你们等着瞧吧。看我去超市捞一笔。”

去超市的路上，智香把自己的诡计告诉了其他三人。

来到超市，智香假装在洗手间的洗脸池前化妆，其他三个人各自躲在隔间里。

已经有几个顾客来过洗手间了，智香没盯上她们。一位拄拐杖的老妇人进来的时候，智香轻轻咳了一声。当老妇人经过智香背后的一瞬间，智香将手机扔在了地上。

手机刚好掉在老妇人的脚尖附近，老妇人的鞋子轻轻碰到了一下手机。

“哎呀。”老妇人低头看着手机。

“死老太婆，你干了什么！”智香猛然大吼。

“哎？”老妇人吓了一跳，缩起身子。

“啊，都碎成这样了！”智香捡起本来屏幕就碎了的手机，拿给老妇人看。

“啊，对不起，这怎么办……”老妇人惊慌失措，十分狼狈。

“要是道歉有用，还要警察干什么！”智香厉声喝道。与此同时，隔间的门开了，三个同伙走了出来，把老妇人团团围住。

“这……到底……”

“这个手机里面有非常重要的数据。”

“真的很对不起。”老妇人深深鞠躬道歉。

“都说了道歉有用就没警察的事了！死老太婆，你脑子进水了吗？”

“那要怎么办？”

“赔钱啊。”

“赔钱吗？要赔多少？”

“别废话！你现在有多少？钱包交出来！”

老妇人用颤抖的手从皮包里取出钱包，准备打开。

智香飞快抢过钱包。

“呸！就这么点钱！”智香把里面的钱全都掏出来，把钱包扔到地上。

老妇人弯腰捡起钱包，看到里面空荡荡的，吓了一跳。“那个……”

“怎么了，老太婆？”

“全都拿走了？”

“这不是废话吗！这点钱根本不够，但是这次就放过你了，你要感谢我！”

“可是这样子我就没办法坐公交车回去了。”老妇人快要哭出来了。

“那就走回去！”

“我腿不好，没办法走好几个小时。”

“那是你的问题，关我什么事！”智香怒气冲冲地踢飞了老妇人的拐杖。

老妇人当场倒了下去。

“这就是你废话多的代价！”智香哈哈大笑。

老妇人好几次想爬起来，但总是摔倒，半爬着出了洗手间。

“啊，心情好多了。”智香一脸愉快地说。

"智香，刚才是不是有点过了？"瑠骑亚有点担心地问。

"哪里过了！全都是那个死老太婆的错！"

"但是，其实那个老婆婆什么也没做……"

"你说什么？！你又想背叛我？！"

"哎呀，不是的。"

"那你要说什么？！"

就在这时，外面好像又有人要进来。

智香递了一个眼色，三个人又回到隔间里。

进来的是一个看起来三十多岁的女人。她一边自言自语，一边在自己的包里翻找东西，踉跄了好几次。

智香轻轻一笑。

蠢宅女，虽然年轻，但是笨手笨脚的。

她把手机又扔到女人的脚下。

"啊！"女人吃了一惊，包掉了。

手机滑过地板。

居然被她踢飞了，真是麻烦。

智香走到洗手间里面去捡手机。

"喂，你干什么啊！"智香捡起手机，像刚才一样突然怒吼道。

“啊？”女人回瞪智香。

“啊什么啊？”智香看着对方的眼神，畏缩了一下。

这女人怎么回事，眼神吓死人了。

“这个被你踢坏了！”智香向女性举起手机。

“哪里坏了？”

“什么哪里，这不全都碎了……”

手机完好无损。

“怎么回事……明明早就碎了……”

“你说‘早就碎了’？”

“什……什么啊！”

智香没有咳嗽，不过感觉到不对劲的同伙们从隔间里出来了。

“把早就碎了的手机扔到别人脚下，诬陷别人踩坏了讹钱是吧。老掉牙的手段。”

“你有证据吗？”

“你打开手机屏幕中间那个软件。”

智香照她说的打开软件，这时出现了一段视频，上面是智香她们。

哎？针孔摄像机？

智香她们在洗手间里东张西望找了起来。

“一看这个拍摄角度不就知道摄像机在哪儿了吗。你们真够蠢的。”

女人拿起放在洗脸台垃圾箱上的纸袋，从里面取出一个小摄像机。

“你是什么时候放的？”

“刚才我看到你们商量着什么进了洗手间，所以就混在其他顾客当中进来放好了摄像机，放的位置刚好合适，把你们干的坏事全拍下来了。你们刚才敲诈老婆婆的过程也拍得一清二楚。”

“为什么能在手机软件上看？难道放在网上了？”

少女们吓了一跳。

“目前还没放。现在只能在这部手机上看到。”

“这手机是你的。”

“是的。”

“我们的手机呢？”罗罗问。

女人从纸袋里拿出屏幕破碎的手机。

“你怎么换掉的？”

“你们把它扔到我脚下的时候，我也故意扔出了自己的手机，让它滑向对面的墙。愚蠢的你还以为那是自己的手机，跑去追它，我就趁这个机会把你的手机捡起来放进纸袋里了。”

“你想干什么？”

“那要看你们。”

“你在威胁我们？”

“我没有威胁。不过我也不会阻止你们给我投资。”

“老阿姨，你在说什么啊？”

“我有一门生意，就是拦截那些对人有害的信息，以免它们流传到网上。所以，如果你们给我投资，我说不定也能拦截下某些对你们不利的信息。”

“这不就是威胁吗？”

“我没有威胁。因为我无所谓。”

“智香，这家伙很危险。”花莲冒着冷汗说。

“怕什么！我怎么可能向这个老阿姨屈服！”智香怒火中烧，“你到底是谁？！”

“我本来没有义务告诉你们，不过为了表示对你们的诚意，就告诉你们好了。我叫新藤礼都，你们听说过吗？”

“怎么可能听说过。”

“那回头你们自己搜吧。我杀过人哟。”

“杀人……”

“哦，这不是威胁，只是客观事实。”

“智香，这家伙真的很可怕。”罗罗彻底投降了。

“我不是说了别怕她吗！”智香毫不畏惧，“全是骗人的！就是在吓唬我们，讹我们的钱！”

“那个……”瑠骑亚说，“给多少钱你能把视频删掉？”

“混蛋！别听她的！我们是未成年人，不会判刑！”智香怒吼。

“是啊，不会判刑的，”礼都微笑着说，“不过，现如今，只要对你不利的信息流传到网上，那就永远无法抹去了。到时候，不但学校会让你退学，就算想找工作也找不到，因为用人单位只要在网上一搜就能搜到你的黑历史。遇上喜欢的人，对方要是看到了那样的视频，也不会搭理你的。”

“要出多少钱？”花莲问。

“喂！”智香叫道。

“你们有多少？”

花莲把钱包拿给她看。

“一个未成年人竟然有这么多钱。如果投资给我，我也许可以把你的镜头从视频里删掉。”

罗罗和瑠骑亚也慌忙拿出钱包。

“别上她的当！在网上公开未成年人的视频，这家伙自己也不会有好下场！”

“我不会有事的。”礼都平静地说。

“你凭什么这么说？”

“因为我不会留下证据，”礼都露出可怕的表情，“我不像你们这么蠢。”

“我们就是证据。我们看到过你的样子，也知道你的名字。”

“谁会相信你们这些不良少女说的话呢？”

“我们有三个人。我们人多，我们能赢。”

“那你就说吧，我不会阻止的。不过呢……”礼都盯着智香，“那样一来，你就是在和我作对了。”

这家伙真的杀过人吧。看到礼都的眼神，智香真切地感觉到了这一点，冷汗直流。

“你要杀了我们？”

“杀你们？我当然不会杀了你们。”礼都舔了舔舌头，“我可没有那么温柔，一下子就杀了你们。”

“什……什么意思？”花莲下意识地问。

“不……不知道，”罗罗说，“说错了吧？再怎么想，杀人都不可能是温柔的。”

“不，我没说错。”礼都说。

“那到底是什么意思？”瑠骑亚傻乎乎地问。

啊，这些家伙真的太蠢了。智香想。

我也许不该责怪她们向警察招供。因为她们真的想不出别的办法。

“我呀，”礼都咧嘴一笑，“喜欢让人比死更痛苦。”

“什么能比死更痛苦？”瑠骑亚又问。

“死了的话，”礼都走到瑠骑亚面前，摸了摸她的脸，“就不会痛苦了。因为已经死了。”

“啊……”瑠骑亚咽了一口唾沫。

“但是你知道吗？有很多办法能够不杀死你，却折磨你很久。”

瑠骑亚摇摇头。

“你们历史学得好吗？知道戚夫人吗？”

四个人面面相觑。

“看来你们不知道。那你们好好记住了。戚夫人是刘邦的侧室之一。刘邦你们肯定也不知道吧。刘邦是汉朝的开国皇帝，也就是中国古代的一个皇帝。你们知道侧室是什么吗？”

“类似后宫？”罗罗回答。

“不是很准确，不过也差不多吧。总之就是正妻之外的妻子。侧室戚夫人想废掉正妻吕后的儿子，改立自己的儿子为皇太子。”

“这得闹矛盾吧。”

“对，闹了。最后皇太子没改立，事情看起来也平息了。”

“看起来平息的意思就是实际上没有平息吧？”

“当然没有。正妻吕后一直在等皇帝死。”

“为什么？”花莲问。

“皇帝死后，吕后就成了新皇帝的母亲，没人能忤逆她。于是，吕后处罚了戚夫人。”

“判她死刑？”瑠骑亚问。

“不是。吕后先把她贬为奴隶，给她的手脚戴上枷锁，让她整天做苦力。”

“枷锁是什么？”

“类似手铐和脚镣的东西。”

“这总比判死刑好吧？”智香也对这个话题产生了兴趣。

“没这么简单。然后，吕后毒死了戚夫人的孩子，还把她孩子痛苦挣扎的样子绘声绘色地告诉了戚夫人。”

“咦！”

“然后，吕后下令把戚夫人的手和脚都砍掉了。”

“戚夫人死了？”

“吕后让人给她止了血，她活了下来。”

少女们沉默了。

“吕后又挖去了戚夫人的眼睛，熏聋了她的耳朵，剥夺她的视力和听力。再拔掉她的牙齿，毒哑了她，让她无法说话。”

“这回总要死了吧？”

“她还是活了下来。”

“还要接着说这个话题吗？”

“你们知道猪厕吗？”

“我们历史不好。”

“课本上也没有。猪厕就是猪圈和厕所合二为一的一种建筑。厕所下面是猪圈，排泄物直接掉在猪圈里。”

“为什么那么做啊，那不是虐待动物吗？”

“猪是杂食动物，而且人类的粪便中也有一些尚未消化的营养物。”

“让猪吃粪便？这不就是虐待动物吗？”

“那是人类的想法。动物经常会吃自己或者其他动物的粪便。如果只吃稻草，反而会营养不良。”

“给它们吃饲料不就好了。”

“以前的人可不会把辛苦得来的粮食喂给猪吃。牛马只要吃草，鸡会自己找草和虫子吃，但猪不一样，给它准备食物很麻烦。所以人们想出猪厕这种东西，能够同时解决人的排泄和猪的食物问题。”

“好吧，知道了。但是为什么说这个？纯粹为了恶心我们？”

“也有这个目的，不过主要是为了解释刚才戚夫人的故事。”

“戚夫人和猪厕有什么关系？”

“戚夫人被关在了猪厕里。”

“你是说，关在厕所的马桶旁边？”

“不是，是马桶下面。和猪关在一起。”

“逼她吃粪便？”

“吃没吃不知道，不过能吃的只有排泄物。吕后肯定很高兴，所以把当了新皇帝的儿子带到猪厕，大笑着对他说：‘你瞧，那是人彘。’”

“要是我的话，绝对不想看那样的东西。”

“新皇帝也不想看。他后来精神崩溃，沉溺酒色，英年早逝。”

“那戚夫人呢？”

“肯定死掉了，但没人知道怎么死的。可能是不吃东西饿死的，可能是在肮脏的环境里病死的，可能是被猪咬死的，也可能在猪厕里老死了。”

“换了我就自杀了。”

“你怎么自杀？没有手脚，没有牙齿，咬舌都咬不了。”

“那我就饿死。”

“饿死很痛苦。”

“但是如果吃了粪便，还算是人吗？”

“人要是饿到极点，就会失去理性，变成野兽，”礼都似乎很高兴，“你们也一样。”

“你要是敢这样对我们，会被警察抓走的。”

“没关系，我会做得干净利落。”

“你以前做过这样的事？”

“你猜。”

“一个正常人不可能做出这样的事。”

“也许是遗传。”

“遗传？难道你是吕后的后代？”

“我没有那么了不起的祖先，”礼都继续说，“我母亲的祖母还是曾祖母，在一个叫作‘玄鹤山房’的大宅里做过护士。她发自内心地喜欢看到别人痛苦，所以费尽心机让宅里的人互相迫害。好了，你们选吧。给我投资还是公开视频？还是说，你们想尝试一下比死亡更可怕的折磨？”礼都用冰冷的手指用力摩挲着智香的脸颊。

“啊！”智香躲开了。

受不了了。给钱认错吧。

就在这时，有人出现在了洗手间门口。

“那些奇怪的女孩子是在这个洗手间里讹了你的钱吗？”

超市的年轻女店员牵着刚才那位老妇人的手，走进了洗手间。

礼都啧了一声。“就差一点。”

太好了，得救了。我要把这个女人对我们干的坏事全说出来。

“这个女人要……”智香刚要开口声讨。

“没错，就是她们，”礼都打断了智香的话，“刚才也说我踩到了手机，要讹我的钱。”

“你说什么？要讹钱的是……”

“对，就是她们，”老妇人指着智香她们说，“她们把我的钱全都抢走了。”

“你这个死老太婆！”智香狠狠瞪了老妇人一眼。

老妇人缩成一团。

“你怎么说话的！”店员瞪了她一眼。

完了，不小心用了平时的语气。

“真没教养。”礼都在旁边也瞪大了眼睛，装出吃惊的样子。

智香很想痛骂礼都，但又担心会起反作用。

“大家快跑！”智香从三个成年人中间钻出去，往外飞奔。

其他三个人愣了一下，反应过来后追在智香后面跑了出去。

店员想要拦她们，但是因为要护着老妇人，没能拦住。

四个人径直冲出超市，跑出两三百米后，钻进了小巷。

她们背靠在建筑物的墙上，喘着粗气。

“好险。”智香用袖子擦了擦头上的汗。

“但是，我们逃跑不是更糟吗？”瑠骑亚说，“那个叫新藤什么的女人还有我们的视频呢。如果放到网上，我们就麻烦了。”

“没错。不过估计不会马上放吧。”

“为什么这么说？”

“因为她的目的是钱。她不会随意放弃能用来赚钱的资源。”

“可是她说她喜欢看到别人的不幸。”

“吓唬人而已。她故意说个那么古老的故事，就是为了吓唬我们。”

“那你想怎么办？给她钱，让她放过我们？”

“没必要。”

“但不给钱她就会散播那个视频。”

“没事的。”

“可是那女人很狡猾。”

“对，我们得好好学学人家的狡猾。”

“什么意思？”

“店员一进来，那女人一下子就装成一副受害者的样子。”

“那真的很让人生气。”

“我们要反过来做。”

“怎么做？”

“把我们对晓美做的事，对她再做一次就行了。把盗窃栽赃给她。”

“那有什么用？把她惹急了，可能会把视频传出去。”

“你说什么傻话，她可不像我们是未成年人，要是因为盗窃被抓，肯定会进局子。那时候她自然会被全面调查，视频也会被发现的。”

“被警察发现不就糟了。”

“被警察发现又不可怕。警察绝对不会公开视频的。视频只会成为那女人威胁我们的证据。何况我们是未成年人，顶多被管教一下就没事了。”

“但还是要被管教啊。”

“那女人的损失要比我们大得多。而且我们也不用再担心她的威胁了。怎么样？干不干？”

“我不想再和她扯上关系了……”花莲有点犹豫。

“你干不干？！”智香又问了一遍，声音低沉得瘆人。

“干，我干。”花莲战战兢兢地回答。

“你们两个呢？！”

瑠骑亚和罗罗也不情愿地点了点头。被警察管教、给礼都钱、智香的威胁……各种选项在她俩的脑海中汹涌翻滚，让她们分不清孰轻孰重。所以面对近在眼前的威胁，她们选择了暂且顺从，以此减轻当下的压力。

“但是要在哪里下手？”罗罗问。

“刚才的超市。今天她是以顾客的身份进入那家超市的，说不定还会再来。而且她想讹我们的钱，所以可能还会主动来找我们。”

“有道理。”

“好，明天开始换发型、换衣服，免得被今天的店员发现。先摸清超市监控摄像头的位置。”

次日，智香他们在店里四处走动，确认摄像头的位置，尤其仔细查看了食品区。虽然她们的行为举止很可疑，说不定已经被店方盯上了，但因为她们没有盗窃，所以也并不担心。

摸清摄像头的位置之后，她们又在店里逛了好几天，等待礼都出现，但是过了一周对方都没有出现。

当她们以为礼都不会再来了的时候，礼都突然出现了。

礼都几乎没有多余的动作，以最短的距离一样样拿完东西。

智香她们拼命追在礼都后面，同时把随手拿到的食品放进手中的购物篮里。

就在她们担心无法完成任务的时候，礼都的行动突然有了变化。她停在食品区一角的杂志架前，哗哗地翻起了书，还如智香所愿地把背着的包放在了地上。大概是因为杂志架的间隔太小，背着包很难进去吧。

智香她们小心翼翼地走过去，避免被礼都发现。

突然，礼都把杂志放回了架子上。

智香她们慌忙躲到附近食品货架的后面。

礼都慢悠悠转到杂志架的背后。那里放的是摄影杂志，她可能打算看那个。

“快！”智香说，“那边正好是摄像头的死角，趁现在把东西塞进她的包里。”

少女们提着篮子跑到礼都的背包旁，手忙脚乱地往里面塞食品。

完成后，她们又躲到食品货架后面，看着礼都再次背起包开始走。

她的动作又快了起来，少女们因为要躲躲藏藏，所以很难跟上，一会儿工夫就跟丢了。

“你们在搞什么！”智香朝伙伴们怒吼，“这样子我们不就白冒险了吗！”

“不过，我们知道她会来这儿了，下次再下套就是了。”罗罗抱怨说。

“动动脑子啊。她回到家打开包一看，包里多了好多自己没买的东西，一想就能明白发生了什么，下次肯定不会再让我们有机可乘了。而且她可能再也不会来这家超市了，那样我们还怎么报复！”

“那就只能放弃了。”

“说什么蠢话！上回那家伙把我们害得够呛，怎么能就这么算了！你不要脸的吗？！”

诬陷别人盗窃的人也是不要脸的，不过她们并没有意识到自己的矛盾之处。

就在这时，智香看到了提着篮子的礼都。

“她在那！而且好像还没结账，我们真走运。”智香舔了舔舌头，“趁她去收银台结账的时候下手！”

四个人屏住呼吸，绕到收银台的外面。

到了这个时候，被礼都发现也无所谓了。

不过礼都好像没看到她们。她在收银台结完账，直接走向了出口。

就在她要走出自动门的时候，智香指着她叫道：

“那个女人偷东西！”

好几个店员匆匆赶了过来，其中也有穿便衣的，可能就是所谓的便衣保安。

智香庆幸自己刚才的行为没被发现，不禁有些后怕。

礼都停住脚，打量着店员和智香一伙。

智香咂了咂嘴。

她要是拔腿就跑，倒能当场抓她个现行，这么坦荡反倒像是被人陷害的。算了，反正包里有铁证。

“什么情况？”男店员问。

“我们看到了，”智香指着礼都说，“那女人偷东西，塞到包里了。”

“对不起，”男店员向礼都说，“能看下您的包吗？”

“她们几个，”礼都说，“上一次在洗手间恐吓别人。”

“别找借口，”智香说，“她诬陷我们，想掩盖自己的罪行。”

“那个，”店员为难地说，“能不能先给我看看您的包？不然我很难相信您的话。”

礼都想了想。“如果包里没有东西，怎么办？”

“那我会向您道歉。”

“只道歉？”

“很抱歉，不过我能做的只有道歉……”

“不惩罚一下她们吗？”

“如果她们故意说谎，那么我们会采取一些措施的。不过，即使她们说得不对，也没办法证明她们是故意的。”

“你是说，即使她们诬陷我盗窃，只要事后坚持说是看错了，也不会受惩罚？”

“她一直在找借口推脱，很可疑。”智香说，“她如果是无辜的，应该早就把包拿给你看了。”

智香希望店员尽快检查礼都的包，坐实她的盗窃行为。作为成年人，礼都大概当场就会被交给警察，那么智香她们就没事了。如果顺利的话，警察说不定还能帮忙处理礼都拍的视频。

“说得有道理。”店员说，“如果您坚持认为自己是无辜的，那么能给我看看您的包吗？”

礼都默默地看了店员和少女们片刻，说道：“如果我说不愿意，那会怎么样？”

“我们会报警。”

“没有任何证据，就把顾客交给警察？”

“我们没有权利强迫您打开背包，所以只能这么做。”

礼都默默放下背上的包。“好吧，你随便看。”

“抱歉了。”店员打开了包。

礼都要完了，要被交给警察了。

店员在包里翻看了一遍。

“好像没什么问题……”

“哎？”智香她们大吃一惊。

不可能，我们明明把东西塞进去了。

“看来是她们看错了。”店员尴尬地说，“真是对不起。”

智香有种不祥的预感。

“有点不对劲。”智香对三个人低语。

“我也觉得。”罗罗说。

“不是看错了吧？”礼都说。

“没有，您的包里确实没有东西。”店员呆呆地回答道。

“我不是说你，是说她们故意撒谎。”

“但是撒这种谎，对她们又没好处。”

“真的吗？”礼都眯起眼睛。

这女人一定有阴谋。

智香的直觉告诉她。

再待在这里就糟了。

智香朝三个同伙递了个眼色。但是她们三个都在看礼都，没有注意到智香的表情。

“那您说，她们撒这种谎能有什么好处？”

“刚才你们的注意力全都在我身上，对吧？”

“啊，对……”

糟了。我自己逃吧。

智香钻过礼都身边，往外面跑。

“想跑？”礼都身子一侧，挡住了去路。

智香感觉自己中了圈套。

必须赶紧逃走……

智香想往店里面逃，然后找机会溜出去。但是刚迈出一步，就发现自己站的位置不好，不小心被店员包围了。

不，可能不是不小心。

礼都露出一个只有智香才懂的笑容。

难道这全都是她的阴谋？她不露声色地调整自己的

位置，让我们无处可逃?

“您的意思是?”店员问礼都。

“她们把所有人的注意力都集中到了我身上。你觉得她们是想干什么呢?”礼都回答说。

店员看向智香她们的包，全都不自然地鼓着。这么说来，她们之前一直很匆忙，没有注意到包变重了。

“她们想趁你们都在注意我的时候逃跑。”

“不是的!”智香她们拼命摇头。

以前确实偷过很多东西，但唯独今天没偷。这是真的。

“啊!”一个女店员指着智香她们，“我想起来了，上一次她们在洗手间敲诈老婆婆。”

“啊，那时候是我们不对，但今天我们什么都没做。”智香只挤出这句话。

“那看看你们的包，没关系吧?”男店员说。

智香摇摇头。

“为什么?如果没有什么问题，应该可以看吧。”

礼都再次露出令人恶心的笑容。

一败涂地。不该与这个女人为敌，我们差得太远了。

智香死心了，她决定打开包。

可能里面并没有东西。可能礼都只是想惩罚我们，并不是真的要陷害我们。肯定是这样。成年人不会跟小孩较真的。

智香打开书包，半条四十厘米长的生鱼滑落在地板上。

女店员尖叫了一声。

智香也想尖叫，但她太震惊了，连叫都叫不出来。

书包里都是鱼的黏液，课本和笔记本都滑溜溜的。

“智香，你怎么在书包里放这个啊！”罗罗叫道。

“我怎么可能放这种东西！”智香看向礼都。

礼都又窃笑起来。

“你们几个也能让我看看吗？”店员也很吃惊，不过还是立马冷静下来说。

瑠骑亚打开书包，几公斤的猪下水掉了出来。在生肉摊位上看到猪下水没什么奇怪，但出现在书包里实在令人作呕。

花莲也打开了包，十只猪蹄滚落在地。

罗罗也用颤抖的手打开书包。里面是一只没有头、毛被拔光了的鸡。她惨叫一声，跳到后面。

超市门口的景象有点惨烈。

人们远远看着，绕道而行。

“为什么偷这些东西？”店员目瞪口呆。

“肯定有什么烦恼吧。青春期总有各种各样的事。”礼都说，“但是不要把我卷进来啊。”

怎么办？要求检查监控录像吗？但那样的话，我们的怪异行为也就曝光了。而且那女人说不定已经对摄像头做了手脚。

没有胜算，只能逃跑。

自己先跑吧，没空管其他人了。

智香蹲了下来。

“怎么了？不舒服？”店员担心地问。

礼都与她们稍微拉开了一点距离。

混蛋！她的感觉太准了。

智香抓起散落在地上的下水和猪蹄，站起来朝店员们扔过去。“啊！”

“哇！”店员们慌忙躲避。

智香朝着出口猛冲过去。

“等一下！”同伙们也追在智香后面跑，但地上滑溜溜的，她们纷纷摔倒。

店员们不想滑倒，也怕弄脏衣服。

瑠骑亚一边哭一边从书包里往外拿猪下水的时候被抓住了。

看到这一幕，罗罗和花莲丢掉书包跑了起来。

三个人的衣服都黏糊糊的，跑的时候，被她们撞到的行人纷纷发出尖叫。

那女人到底是谁？！

怒火涌上智香心头。

那女人一开始就发现了。她的动作本来很干脆，后来突然变慢下来，肯定是因为发现了我们。她在监视我们，等我们动手。所以她故意把包放在摄像头的死角，还把自己隐藏起来。

我们以为她在后面的书架前看书，其实她是趁我们往她包里塞东西的时候，悄悄潜到我们背后，把鱼和其他东西塞进我们的书包里。

然后，她若无其事地回到原来的地方，拿起自己的包，再甩开我们，把自己包里的东西放回原处。

仔细想想，把东西从自己包里拿出来，放回原来的货架上，那需要高超的技巧，比笨拙的盗窃难得多。她是个真正的罪犯。

和那种人扯上关系，真是倒了大霉。放弃吧，报复不了她的，这辈子都不要再靠近她。如果她过来找我，我就跪下求她原谅，要钱就给钱，反抗是没用的。早点和她撇清关系，不然这辈子就完了。

回过神来，智香发现罗罗和花莲也不见了。她回头一看，发现两人被店员抓住了，这似乎给智香争取到了逃跑的时间。但如果现在放松下来，她也会很快被抓到。于是她继续在街上奔跑。

不知道跑了多久，智香开始累了。周围的景象也变了，虽然不像是乡下，但到处都是空地，四处堆放着水泥管等建筑材料。不过看上去也不像是新的开发区，倒像是烂尾地。可能因为某些原因，开发到一半就停工了吧。

跑不动了。

智香停住脚，回头一看，已经没人追了，可能他们早就不追了。

太阳开始落山了。

怎么办？

智香想了想。

她们几个不可能包庇我，肯定会供出我。说实话也没用，很难证明礼都的罪行，她肯定会用各种诡计证明自己的清白。而且警察也不会相信，有人往包里塞了鸡和鱼，自己居然没发现。

智香很绝望。

超市已经联系警察了吧。如果就这样回家，很可能直接被逮捕。就算不被送去管教，也少不了被父母狠狠骂一顿。

智香拖着沉重的步伐在空地上徘徊。她身上沾着不知道是什么的汁液，臭烘烘的。

真想洗个澡。

晃着晃着，太阳落下，天色完全黑了。她走了不知道几个小时，肚子饿得咕咕叫，但她身上没有钱包，附近也没有看到食品店或便利店。

耳边传来一阵沙沙声，好像有什么东西在附近。

她朝发出声音的地方看去，但是太暗了看不到。不知道是人还是动物，无论是什么都让人毛骨悚然。

“谁在那儿?”智香朝着黑暗喊。

“沙沙沙。”

没有回应。

智香环顾四周。

远处有几户人家亮着灯光，但如果有个浑身臭气的未成年人半夜上门，他们大概马上就会报警。

她看到几十米外的水泥管。

睡在那里面总比睡在露天好，至少不会被奇怪的人看到。

智香一边胡思乱想，一边朝水泥管走去。

水泥管有三根，叠在一起，下面两根，上面一根。

智香犹豫了一会儿，钻到了上面的水泥管里。她觉得在上面的话会少一些脏兮兮的小动物和虫子的骚扰。

她不敢待在水泥管边缘，于是钻到了中间。里面很小，不得不抱膝而坐。从水泥管里往外看，看不到什么东西。在黑暗中眨眼的不知道是贴近地平线的星星，还是几公里外的灯光。

“沙沙沙。”

还有声音。不知道声音的主人是不是发现了智香。

智香屏住呼吸，动也不动，打算在水泥管里等到天亮。

“沙沙沙。”

声音还在继续，但不知不觉间，这单调的声音勾起了智香的睡意。旁边有东西，绝对不能睡。她这样告诉自己，但一下子眼睛就闭上了。她身体突然一歪，这才猛然惊醒。

不行不行，要保持清醒。

但是几秒钟后她又睡着了。

反复了几次之后，她感觉沙沙声好像有了一点变化，带上了一点湿气。

可能外面下雨了。不过智香也不想去确认，她害怕把头探到水泥管外面去，就连伸出手去都很害怕。手一伸出去，外面的东西可能就会发现她。

“咻咻咻。”

像是在吮吸某种黏液的声音。

仔细听，声音像是在慢慢移动。本来在水泥管旁边，现在正一点点靠近一边的管口。

智香想要不要从另一边的管口逃出去。但是，另一边未必安全，最好还是待在这里保持安静。水泥管距离地面有几十厘米，野狗看不到里面，可能不会发现智香。

“咻咻咻。”

声音在水泥管口正下方突然停住了。

智香屏住呼吸，但坚持不了太久。

“呼呼呼。”她喘起气来。

她试图平息自己的喘息，但平息不了。

“咻咻咻。”

声音又响了起来。不是水平方向，而是朝着水泥管口上来了。

“呼呼呼。”

智香的气息越来越粗重。

水泥管口的下方出现了一个黑影，在黑暗中看不清楚，像是长着毛的头。

“咻咻咻。”

它从管口迅速钻了进来。

腥臭的气味顿时充满了水泥管。

智香想要尖叫，但不知为何声带振动不了。

“咻咻咻。”

那东西怪异地扭动着身体，朝智香靠近。

智香全身无力，动弹不得。

一开始以为那是个人，但轮廓太怪异了。头和身体像是人，却不知道手和脚在哪里。

突然，那东西加快了速度，到了智香眼前。

借着星光，它的身影逐渐显现出来。

智香看清楚了。

它没有眼睛也没有耳朵。不是本来没有，而是被挖掉了。

人彘！

之所以看不到手和脚，是因为都被砍掉了。

智香在水泥管中向后退去，逃往另一边的管口。

突然，另一边探进来一个女人的头，不过上面有眼睛和耳朵。

新藤礼都！

被夹击了。

新藤礼都也爬进了水泥管。她的样子与白天看到的不同，穿着贵族一般的服饰。

“哎呀，人彘怎么到这来了？”礼都开心地说。她似乎没有看到智香，像是透过智香的身体看着人彘。

人彘发出不成声音的声音，嘴里流着脏东西。

智香感到恶心至极。

“哈哈哈哈哈！”礼都挑起眉毛大笑起来。

智香双手捂住耳朵，却挡不住那声音。

“有意思！有意思！”礼都笑得打滚，捂着肚子叫，“好痛！好痛！肚子都笑痛了！”

人彘继续爬行，逼近智香。

智香想逃，但礼都在，她动不了。

“喘不上气了！”礼都似乎是笑得太疯狂，无法呼吸了。她仰面朝天，翻起白眼，嘴角冒出白沫。

也许现在能从她身上越过去。

智香不顾一切想要爬过礼都。

正当她的脸和礼都的脸最近的时候，突然，礼都的眼睛恢复了正常。她盯着智香，咧嘴一笑。

“把你也做成人彘吧！”不知什么时候，礼都手里多了一把大刀。

智香惨叫的一瞬间，她的左手被砍飞了。

鲜血喷涌而出。

“你没事吧？”有人在问。

谁？

智香抓住自己的左手。

还在。刚才是做梦？谁在喊我？

智香睁开眼睛。

她眼前十厘米的地方，有张男人的脸，年纪五十岁上下，胡子拉碴。男人头发稀疏，一看就没打理过，黏糊糊的，肆意生长着。他衣服穿得很少，到处都是破洞。梦里的腥臭味好像就是他的臭味。

智香又一次尖叫起来。

“怎么了？你怕什么？”

“我怕你啊，死大叔！”智香怒吼道。

“死大叔？是说我吗？”大叔说。

“不是你还有谁！”

大叔挠了挠头，头皮屑纷纷掉落。

“是吗？你看我像个大叔啊。”

“不懂你在说什么。”

智香发现周围已经亮了。

我好像不知不觉睡着了，做了个有关礼都的噩梦。我睡着的时候，这个人一直盯着我看。

好恶心。

“你怎么在这里？”

“因为我住在这里，虽然只是临时的。”

这么说来，是我随意闯入了他家。居然和脏兮兮的中年男人过了一夜，我不能接受。

“你发现我在这里就应该马上喊醒我吧？！”

“你睡得很熟。不过刚才好像做了很可怕的噩梦，所以我才喊你。”

“你靠得太近了！恶心！”

“这样啊，你觉得太近了啊。对不起，我不知道怎么保持距离。”

“你到底在说什么啊，大叔？！”

“我知道你感觉很奇怪，但我自己也不太明白发生了什么。”

“恶心！出去！”

大叔一脸为难。“就算你这么说，我也不知道该怎么做。”

“你到底是谁?”

“我？我是……小白。”

“小白？像狗的名字。”

“对啊，我是一条黑狗。”

大叔的话让智香不知道怎么回答。

“你让我怎么接话？是问你怎么会是狗，还是说黑狗为什么叫‘小白’?”

“啊，‘小白’这个名字果然让人好奇啊。”

“不，不是好奇……”

“一开始我真的是一条白狗，而且是家养的。现在却变成了这样的黑狗……”

“不对，你不是白狗也不是黑狗……”

说到这里，智香顿了一下。

她意识到自己面对的是一个认为自己是条名叫“小白”的黑狗的大叔，指出他的错误可能并不明智。

最好还是不要反驳，随他认为吧。

也许可以跑出水泥管逃走，但我的行为太唐突的话，可能会惹恼他。他要是发起火来，那就太可怕了。他可能压根不觉得欺负女孩子会被警察抓走。

不过，不管这个大叔外表如何，至少给人的感觉还挺亲切。他也是我在这一带见到的唯一一个人，或许应该和他搞好关系，说不定有利用价值。

“那你为什么变成了大叔？”

“我没打算变成这样。是因为我看了一眼这个掉在地上的东西，长得像望远镜一样，叫什么来着……”

“双筒望远镜？”

“不是，一只眼睛看的。”

“那不就是望远镜吗？”

“望远镜是用来看远处的，这是用来看近处的东西。”

“啊，显微镜？”

“显微镜是用来看小东西的。这个看的是它里面的图案。”

“啊，那个……叫什么来着，万……”

“啊，就是它。”

“万花筒。”

“对，对，”大叔兴奋地说，“我往万花筒里看了一眼，就看到了你。”

“大叔，哪有万花筒啊？”

“从我这边看，我是在看万花筒，你在万花筒里。但是从你那边看，我看上去就是个大叔。不对，那不见得是我，可能万花筒本身才是大叔。”

越发糊涂了，还是顺着他的意思吧。不过就算按照他的说法，一条黑狗叫“小白”还是很别扭。

“你明明是黑色，为什么叫‘小白’？”

“我一开始当然是白的，”大叔依然靠得很近，继续说道，“但是，后来发生了一件事，让我变黑了。”

“在泥地里打滚？”

“我对好朋友见死不救。”

“狗还有好朋友？”

“狗当然也有朋友。小黑是邻居养的狗，经常和我互相闻屁股。”

“闻屁股是什么意思？”

“那是亲密的表现。我不喜欢让陌生的狗突然闻我屁股。在闻其他狗的屁股之前，先让对方闻自己的屁股，这是礼节。你不这么认为吗？”

“狗的礼节和人的礼节不一样。人基本上不会想闻其他人的屁股。”

“只想闻家人的吗？”

“不是……”

“总之我和小黑是很亲密的朋友。”

“等一下，小黑是什么颜色的？”

“当然是黑色的。小黑嘛。”

“这就对了。”

“嗯，符合常识。”

“然后，你怎么背叛了你的好朋友？”

“我发现屠狗人正在朝小黑靠近。”

“屠狗人是什么？”

“就是专门杀狗的人。”

“为什么要杀狗？”

“因为放任野狗不管会很危险，不是吗？”

“不是啊，野狗本来就很少，发现的话，得先收容起来，不是吗？”

“看来我们俩的世界处理野狗的方式不一样啊。我这边基本上都是杀死。”

“但是你和小黑不都是家养的狗吗？为什么主人不在？”

“我们是放养的。”

“有屠狗人还放养？”

“唉，这世界就是这样的。”

“这也太奇怪了。”

“我一开始想提醒小黑，告诉它屠狗人来了。”

“因为你们是好朋友嘛。”

“但是屠狗人狠狠瞪了我一眼，说我要是提醒它，就先杀了我。”

“他会说狗语？”

“怎么可能。我是从他的表情看出来的。”

“狗也能看懂表情？”

“当然能。大多数狗都能。”

“然后呢？”

“我吓坏了，丢下小黑就逃走了。”

“太无耻了。”

说完这话，智香忽然想起自己昨天丢下同伴逃跑的事。

唉，那也没办法。保护自己更要紧。

“然后我连滚带爬逃回了主人家，但是少爷和小姐的态度很奇怪，就像完全不认识我一样。”

“什么意思？”

“他们怀疑我是隔壁小黑的兄弟，说我全身漆黑。然后我看了看自己的身体，真的全黑了。”

“弄脏了吧？”

“就是变黑了。我拼命想要告诉他们我是小白。”

“你怎么做的？”

“我跳来跳去，拼命叫喊。”

“大概没用吧。”

“少爷说我可能是条疯狗，然后用球棒来打我。”

“疯狗？”

“就是那种得了狂犬病的狗。有时候也会把乱咬人的狗叫疯狗。”

“还有得狂犬病的狗啊。”

“嗯，在我这里偶尔会有。”

“那然后呢？”

“我就变成野狗了。”

“没被屠狗人抓住？”

“没有，我身手比较敏捷。”

“你怎么生活的？”

“变成野狗以后，我帮过一条被小学生欺负的小狗。它叫拿破仑，是条褐色的小狗，咖啡馆养的。”

“小学生欺负家养的狗？”

“嗯，因为是放养。”

“真不明白你那边为什么都是放养。”

“那之后我感觉轻松了一些，于是决定多帮助别人。”

“赎罪吗？”

“那倒不是。这么做一是为自己的胆小感到羞愧，二是因为我恨我自己，想杀了我自己。”

“你想怎么杀了自己？”

“我救了掉在铁轨上的孩子，给雪山里落难的一群高中生带路，从火灾现场救出婴儿，还咬死了逃出动物园的狼。”

“大显身手啊！”

“神奇的是，我一直没有死。后来我被这个世界的人们称为‘义犬’，我的故事还拍成了电影。”

“那不是很好吗？”

“也不是。不能和主人生活在一起，让我难以忍受，所以我还是想自杀。”

“虽然不关我事，但是要想自杀，随便找个地方了结就行了，为什么还磨磨蹭蹭的？”

“我决定在自杀前回到主人家再看一眼。也许少爷会用球棒把我打死，那正是我所期望的。于是我来到了主人的房子附近，想稍微休息一下，就进入了这个水泥管。然后我发现了万花筒，凑上去一看，就看到你了。”

智香又看了看大叔。不是白狗，也不是黑狗，更没有拿万花筒。

他说这些蠢话，打的是什么算盘？难道他知道了我的事，故意这么说来教育我？就算如此，他的话也太荒谬了。

“能在最后把心里话说给你听，真是太好了。接下来我想休息一下，然后去主人家。”他突然沉默了，一动不动，眼睛睁着，一眨也不眨。

“大叔，你怎么了？”

没有回应。

智香在他面前挥了挥手。

没有任何反应。

她试着掐了下对方的脸。

还是没有反应。

手黏糊糊的，智香很后悔碰了他的脸，心中又燃起怒火。

结果只是听大叔说了一个疯故事，不知道他是在开玩笑，还是犯了什么病。不过无所谓，智香现在只想报复他。

智香朝大叔的脸揍了一拳。

但对方还是眼都不眨。

有那么一瞬间，智香想把他揍出血来，但那样会把手上弄得更黏，所以她放弃了。

如果手上又沾上了血，估计更不舒服。这么说来，大叔确实很臭，但是我身上鱼和肉的汁水也很臭。对了，这样的话，我还不如去狠狠踢他的屁股。

智香如此决定后，迅速后退，爬出了水泥管。

大叔依然两眼空洞地盯着前方。

智香下到地面上时感到一阵恶心。

外面的天全亮了。看来太阳已经升起很久了，可不是听大叔胡说八道的时候。

她从水泥管边绕到了另一侧的管口，然后再一次爬到堆在上面的那根水泥管里。

里面不是大叔的屁股。

一只白狗蹲在里面。

智香目瞪口呆。

开个玩笑费这么大劲！他一定是预料到我会这么做，所以趁我爬出水泥管的工夫放了一条狗进来。和礼都一样，都是在耍人玩！而且刚才明明说自己是黑狗，现在又是白狗，这不是搞错了嘛！

“喂！我知道你在附近！别躲了，出来！”智香怒吼道。

白狗像是被她的声音吓了一跳，站了起来。它汪地叫了一声，用和善的眼神看了智香一眼，然后朝反方向的管口出去了。

“到底怎么回事?”智香下意识地追在狗后面爬过水泥管，“啊，好痛。”

胸口碰到了什么东西。她摸了摸，是个直径五厘米左右的圆筒。

这是什么？啊，是那个。

智香明白了。

这是万花筒。有必要演到这个地步吗？

智香拿起万花筒，往里面看了看。

她还以为会看到反射形成的几何图案，结果只看到水泥管，而且是扭曲的，颜色也比实际的淡。她试着转了转，里面的景象没有变化。

她正要丢下不看的时候，视野发生了变化，自己仿佛在一点点向前移动。

怎么回事？难道这不是真实画面，是录像，或者是网络视频？

智香又有了兴趣，继续看下去。

万花筒里看到的景象不断往前移动，就像是自己真的从水泥管里跑出去了一样，智香感觉自己好像走在了地面上。

不过，这和自己实际走路时有些微妙的不同。

首先是视角很低。眼睛距离地面似乎只有二三十厘米，还没有幼儿园的孩子高。这是婴儿或四条腿的猫狗的视角。

其次，整个世界都是深褐色的，像褪色了一般。

好吧，也许这是万花筒的设定，不过我还是觉得明亮的蓝天更好。

此外，智香发现空气中弥漫着各种各样的气味，这可能和万花筒无关。食物的气味，人和动物的体味，还有垃圾和粪尿的臭气。不可思议的是，尽管各种气味混在一起，她却能一个个分辨出来。更不可思议的是，就连垃圾的恶臭、体臭等，都香了起来，让她忍不住想要去闻一闻。

智香发现万花筒的视角可以自由转向自己想去的地方，她将气味的来源一一嗅了个遍。她嗅来嗅去，竟能从气味中知道很多事——几个小时前这里有几个人，他们抽不抽烟，喜不喜欢喝酒，什么性别多大年纪；这根电线杆今天有七条狗撒过尿，其中三条是大型犬，而且两条是被阉割过的。

智香沉迷其中，四处嗅闻。

忽然间，她感觉背后好像有人在靠近。

回头一看，是一条脏兮兮的狗。智香立马知道那是条公狗。智香的视线和那条狗的眼睛在同一高度上，那条狗直视着智香的眼睛慢慢靠近。

智香感觉到强烈的不适。这家伙发情了。

“别过来，脏狗！”智香下意识地对狗说。

“别这么冷淡嘛。”狗哼哼唧唧地说。

“哎？我能听懂狗语了？”

“喂，一起生孩子吧。”狗凑近智香，它嘴里的臭气扑面而来。

够了，我不看了。

智香不想再看万花筒了，但她不知道怎么停下。

怎么回事？得把万花筒放下来才行。

但是放不下来。不但放不下来，连万花筒在哪儿都不知道了。不知什么时候，智香已经身处万花筒内的场景中了。她低头看自己的身体。

黑狗的前肢。

“喂，能闻你屁股吗？能闻吗？”那条狗纠缠着智香，“我闻了哦。”狗把鼻子凑到智香的屁股上。

“滚开！”

智香扭动身子。

“别这么说，有什么关系吗。”即使被智香拒绝，狗也不为所动。

“喂，你在干什么?”传来一个强有力的声音。

啊，太好了，有人来救我了。

智香伸出舌头，看向声音的方向。

是一条狗，比刚才的狗还大一圈。

是它的主人喊的吗?

可智香没有找到它的主人。

“这是我的地盘!”大狗说，“所以这条母狗也是我的。”

母狗？谁是母狗?

智香往身后看，但没看到母狗。

“这是你的地盘？谁决定的?”小一点的狗露出利齿，“是我先盯上这条母狗的。你滚开!”

智香觉得它们快要打起来的样子，于是赶紧离开。

结果不知怎么，两条狗追了过来。

智香再逃，它们再追。

“你们干吗跟着我？!”

“和我生孩子吧。”小的公狗说。

“不不，我更强壮，和我生孩子。”大的公狗说。

智香终于意识到两条狗是要为了自己打架。

误会大了。

“够了。我不会和你们生孩子的。”智香宣布。

“那可不行。和打赢的生孩子，这是狗的规矩。”大的公狗说。

“我不遵守那样的规矩。我又不是狗。”

“那你是什么？看起来又不像猫。”

“我是人。”

两条狗愣住了。

“这条母狗在说什么？”大的公狗问小的公狗。

“不知道，大概原来是家养的吧？很多狗会把主人当成父母。看到父母是人，就以为自己也是人了。”

“没那回事。我是真的人。”智香反驳。

“好好好，是人是人。”小的公狗紧紧贴在智香身上，“是人是狗都行，我们生孩子吧。”

智香不寒而栗。这些家伙好像不打算放过自己。

她跑了起来，想甩开两条狗。

两条狗愣了一会儿，反应过来，开始追智香。

智香一边跑，一边觉得不对劲。然后她发现了不对劲的原因。

我在用四条腿跑。

她也不知道自己为什么会四条腿着地奔跑。

为什么会变成这样？回头再想原因吧，现在要赶紧甩掉那些家伙，不然就完蛋了。

“糟了！快跑！”小的公狗叫了起来。

“真的！别管生孩子了！快逃！”大的公狗也叫起来。

哎？

智香停下来回头望去，只见两条狗正在全力往回跑。

什么情况？怎么了？

她感觉有人跑过来了。瞄了一眼背后，只见一伙人手里拿着带皮圈的棍子，正在走向自己。他们身穿工作服，戴着口罩。

屠狗人。

她想起大叔说过的话。

不，没事的。如今的日本没有屠狗人。被抓到的话只会暂时收容起来，直到爱狗团体或者防疫站找到狗主人为止。

但如果找不到主人呢？

处死——这个词浮现在智香的脑海里。

没事的。我是人，绝对不会被处死。

工作人员围成一圈，慢慢向智香靠近。

“我是人，你们能看出来吗？”智香向工作人员说。

“这条狗好像在叫什么，可能是家养的。”其中一个人说。

“没有项圈。”领队模样的人说，“除非体内埋了芯片，反正从外表上看不出家养的证据。”

“要不要问问附近的警察？”

“每发现一条狗都去问的话就没完了。公事公办吧，不然我们的精力不够耗的。”

看起来这个领队并没有热情去拯救每条狗的生命。

必须逃跑。

智香下了决心。

眼下似乎不能轻易证明我是人。既然如此，就只有逃跑了。

刚才两条公狗都跑远了。智香不知往哪儿逃最好，决定姑且跟在它们后面。

工作人员举起带皮圈的棍子追了上来。不过大概因为人只有两条腿，所以智香渐渐拉开了与他们的距离。

哈，逃跑简直轻而易举。

智香松了口气。

棍子顶端的皮圈一定是用来套狗脖子的。被那东西套住的话，可能等不到处死就被当场勒死了。不过他们还是太蠢，靠人类的两条腿怎么可能追上狗，狗的速度比人快多了。

“但是，人比狗聪明多了。”智香的耳边响起一个女人的声音。

智香吃了一惊，看向声音的方向，没人。

幻听？但那声音听起来有点耳熟。

智香转过头往前看，发现先逃的两条狗样子很奇怪。它们没有继续往前跑，而是在原地乱转。

它们在干什么？

仔细看它们的动作，像是撞到了什么东西，没办法前进。而工作人员站在它们前面，看着它们。

智香渐渐看清楚了，公狗们跑进了圆形的捕兽笼。

不能过去。

智香想换条路。但是她已经被赶到了唯一一条路上。要么往前跑，撞进捕兽笼，要么回头跑，从工作人员中间钻过去。

智香略微放慢速度，思考起来。

工作人员们的脚步声立刻近了。

没时间了，最多还有两三秒，必须做个决定。

智香停住脚，然后转过身，咆哮起来，摆出要扑向第一个工作人员的样子。她想吓住他们，创造机会。

然而没有任何机会。跑在最前面的领队飞快挥动棍子，以眼睛都追不上的速度套住了智香的脖子。

智香用尽全力扭动身体，终于挣脱了皮圈。

这家伙太厉害了，看来不可能从这里逃跑。

智香无可奈何，只能朝捕兽笼的方向跑去。

哐当。

在她跳进捕兽笼的瞬间，入口关上了。

公狗们在里面转来转去，寻找出口。

这是对付狗的捕兽笼，靠狗的力气是出不去的，只能靠智慧逃跑。先等在这里，他们肯定要把我弄出笼子。我一直老老实实待着，让他们放松警惕。等到从笼子里转移出去的时候，再找机会逃跑。

“费了不少力气啊。”其中一个人说，“不过，一次抓到三条，还真少见。”

“以前有很多。”领队说，“其实现在偶尔也有野狗成群结队的新闻。”

“它们为什么要成群行动？”

“因为是狼吧。”

“不是狗吗？”

“从基因上说，狗就是狼。”

“是被人类驯化成狗的？”

“或许是和人类共同进化了吧。双方都有成群狩猎的习惯，所以合作能双赢。合作的群体演化成了今天的人类和狗，没有合作的群体变成了尼安德特人和狼。我猜。”

提问的工作人员像是对领队的解释失去了兴趣，注意力转移到了笼子里的狗身上。

“这条狗有点奇怪。是母狗吧？”

“哪儿奇怪？”

“感觉像是人。”

这句话让智香心中燃起了希望。

果然我看着还是像人。

“哎？”领队说。

“请仔细看看。虽然是狗，但和人很像。”

领队盯着智香。

快点发现我是人啊。

“哦，肯定是人犬。”

“人犬是什么？”

“既然有人彘，当然也会有人犬吧？我猜。”领队说着摘下口罩。

是礼都。

一个三口之家从被抓的野狗旁边经过。

“哎呀，真少见，是野狗。”母亲亚矢子说。

“真的哎。这里居然还有野狗。”父亲乙骨宽太说。

“没有主人，就会被处死吧。”女儿晓美怜悯地说。

“如果我们家不是公寓楼就能养了。”亚矢子遗憾地说。

“不过它们看起来挺凶的。”

“野狗生存压力大，难免变得凶残。”

“是啊。我也是因为工作压力太大，都没注意到晓美的反常。身为父亲真是太失职了。”

“好啦，都解决了嘛。”亚矢子微笑道。

“什么解决了？是爸爸公司的事，还是我被诬陷偷东西的事？”晓美问。

“都解决了。”

“不过真的很神奇。”晓美说。

“什么神奇？”亚矢子问。

“我把杜子春的事告诉你的时候，你一点也不惊讶。”

“惊讶？为什么？”

“对哦，你听到犍陀多的事时也很镇定。”乙骨说。

“犍陀多是谁？”晓美好奇地问。

“类似……爸爸的朋友。”

“这不就是人们经常说的假想朋友吗？”亚矢子说。

“不是那样的！”乙骨和晓美同时回答。

“其实我也有过。”亚矢子说。

“这还是第一次听你说。”乙骨饶有兴致地说，“难怪你不惊讶。”

“是怀晓美的时候。我的假想朋友是河童国的人。”

“妈妈有河童朋友？！”

“不是河童，是河童国的人。”

“有什么不同吗？”

“啊，小白！”乙骨突然大喊一声。

一对姐弟牵着一条白色的狗迎面而来。

“真的！”晓美开心地说，“你们找到小白啦。”

“突然回来了。”姐姐说，“样子有点疲惫，不过一看到我们立马就有精神了。”

“我还一直担心呢。怕它被当成野狗抓走了。”亚矢子朝捕兽笼那边看了一眼。

“以前有一条奇怪的黑狗跑到我们家院子里来，可能就是它把小白带走了。”弟弟说。

“黑狗？那条吗？”晓美指着智香说。

“怎么说呢，感觉和那条狗不太一样。”姐姐脸色有些忧郁，“真可怜……那条狗，好像人呀。”

“是吗？”乙骨一家也仔细看了看。

“不过它一定会被一个善良的家庭收养的。”

“嗯，一定会的。”晓美灿烂地笑着。

“要怎么带它们回去？”工作人员问礼都。

“什么怎么带？”礼都冷冷地问。

“车里只有一个笼子，没想到一下子能抓到三条。”

“三条都放在一个笼子里就是了。”

“但那是两条公狗一条母狗。”

“那又怎么样？”

“两条公狗好像在发情。”

礼都面无表情地看了一会儿智香。

“那不是挺好的。狗也会想恋爱的吧？”礼都露出令人毛骨悚然的微笑。